加速世界

Accel World

22 絕焰太陽神

川原 礫

插畫 / HIMA

Kadokawa Fantastic Novels

「小春對不起喔～
我這身打扮讓你不太能心浮氣躁～」
倉嶋千百合
春雪的兒時玩伴，
新生「黑暗星雲」團員。
擁有稀有的「回復能力」。
對戰虛擬角色是「Lime Bell」。

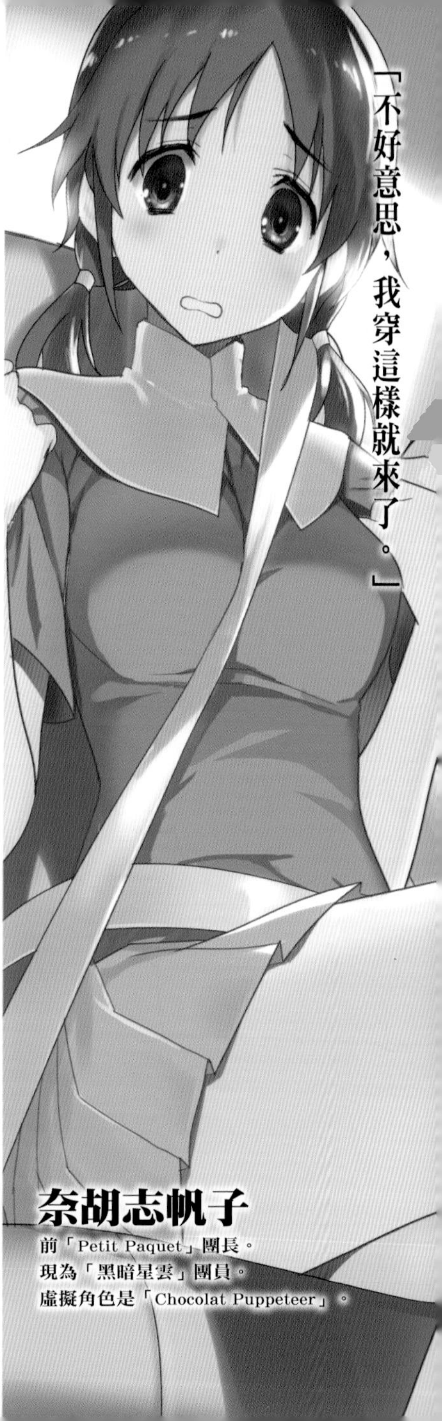
「不好意思，我穿這樣就來了。」
奈胡志帆子
前「Petit Paquet」團長。
現為「黑暗星雲」團員。
虛擬角色是「Chocolat Puppeteer」。

「春雪，你儘管心浮氣躁吧。」
黑雪公主
新生「黑暗星雲」軍團長。
梅鄉國中學生會副會長。
對戰虛擬角色是
「Black Lotus」。
「是不是該為了鴉同學，穿得更夏天一點來呢？」
倉崎楓子
新生「黑暗星雲」團員。
將「心念」傳授給春雪的「師父」。
對戰虛擬角色是「Sky Raker」。

「絕對防禦」Invulnerable
Green Grandee
「輻射幻惑」Radio Active Disturber
Yellow Radio
「Ivory Tower……果然若無其事地出面了啊……」
「絕對切斷」World End
Black Lotus
Silver Crow
「超空流星」Strat Shooter
Sky Raker

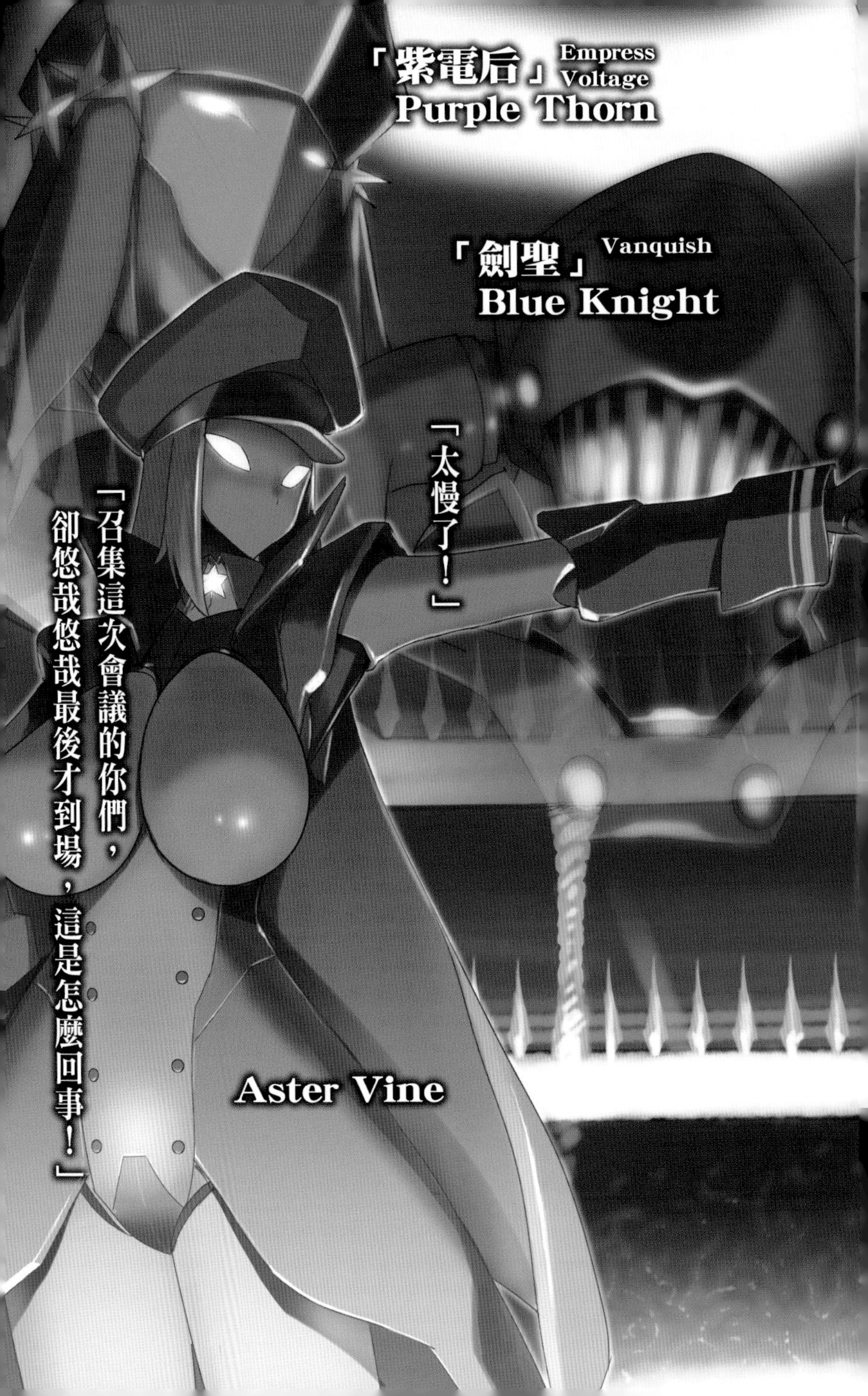
「紫電后」Empress Voltage
Purple Thorn
「劍聖」Vanquish
Blue Knight
「太慢了！」
「召集這次會議的你們，卻悠哉悠哉最後才到場，這是怎麼回事！」
Aster Vine

「難道說……」
「………你是……」
春雪
國中校內地位金字塔最底端的少年。
新生「黑暗星雲」團員。
加速世界中唯一的「飛行」能力擁有者。
對戰虛擬角色是「Silver Crow」。

Wolfram Cerberus
在加速世界中突然出現並嶄露頭角，
最強最硬的對戰虛擬角色。
真面目是加速研究社打造出來的
「災禍之鎧MarkⅡ」裝備者。
「——『範式瓦解』。」
Paradigm Breakdown
「怎麼可能……太離譜了！」
高野內琴
「獅子座流星雨」團長
「Blue Knight」的左右手。
對戰虛擬角色是
「Cobalt Blade」。

「BRAIN BURST」中對戰虛擬角色的「屬性」

色相環

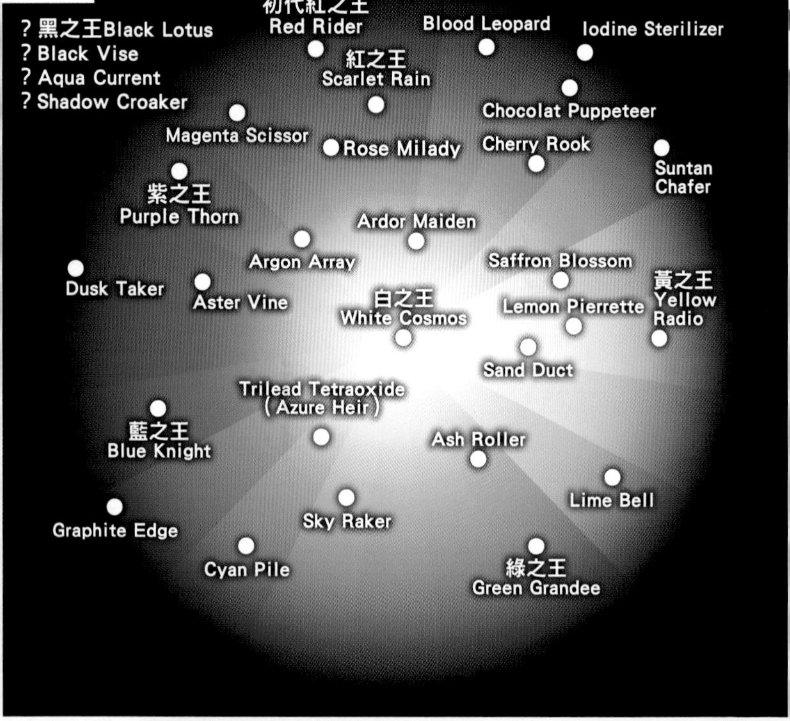

金屬色相條

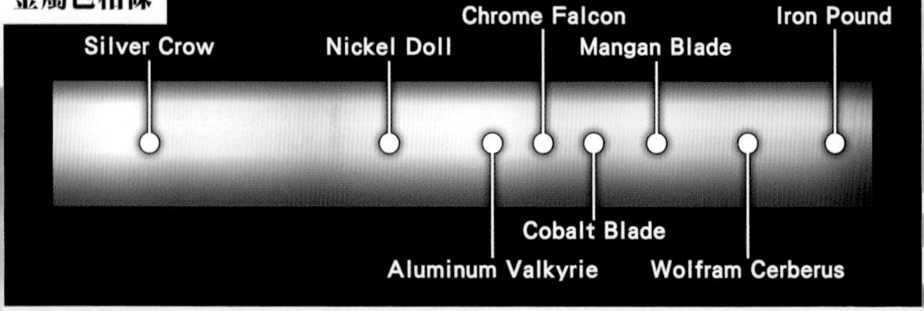

由系統自動賦予超頻連線者的英文名稱當中，都會包括一個表示顏色的單字。透過這個單字顯示的顏色，就可以大致掌握對戰虛擬角色所具備的特質。「藍色系」擅長近距離直接攻擊，「紅色系」擅長遠程直接攻擊、「黃色系」擅長間接攻擊。而紫色與綠色這類介於上述三原色之間的顏色，則具備橫跨兩種色系的屬性。相對的，歸在「金屬色相條」上的虛擬角色則強在防禦面而非攻擊面。

加速世界

Accel World

22 絕焰太陽神

川原 礫
插畫 / HIMA

Kadokawa Fantastic Novels

■黑雪公主＝梅鄉國中的學生會副會長，是個清純又聰慧的千金小姐，真實身分無人知曉。校內虛擬角色為自創程式「黑鳳蝶」，對戰虛擬角色為「黑之王」＝「Black Lotus」（等級９）。
■春雪＝有田春雪。梅鄉國中二年級生，體型略胖，遭人霸凌。對遊戲很拿手，但個性內向。校內虛擬角色為「粉紅豬」，對戰虛擬角色為「Silver Crow」（等級５）。
■千百合＝倉嶋千百合。跟春雪從小就認識，是個愛管閒事又活力充沛的少女。校內虛擬角色為「銀色的貓」，對戰虛擬角色為「Lime Bell」（等級4）。
■拓武＝黛拓武。跟春雪及千百合從小就認識，擅長劍道，對戰虛擬角色為「Cyan Pile」（等級５）。
■楓子＝倉崎楓子，曾參加上一代「黑暗星雲」的資深超頻連線者。前「四大元素(Elements)」之一，司掌風。因故過著隱士般的生活，但在黑雪公主與春雪的勸說下回歸戰線。曾傳授春雪「心念」系統。對戰虛擬角色是「Sky Raker」(等級8)。
■謠謠＝四埜宮謠。參加上一代「黑暗星雲」的超頻連線者。名列「四大元素（Elements）」之一，司掌火。是松乃木學園國小部四年級生。不但能運用高階解咒指令「淨化」，還很擅長遠程攻擊。對戰虛擬角色為「Ardor Maiden」(等級7)。
■Current姊＝正式名稱為Aqua Current，本名冰見晶。是前「黑暗星雲」旗下的超頻連線者「四大元素（Elements）」之一，司掌水。人稱「唯一的一（The One）」，從事護衛新手的「保鏢（Bouncer）」工作。
■Graphite Edge＝本名不詳。是前「黑暗星雲」旗下的超頻連線者「四大元素」之一，真實身分至今仍然不詳。

■神經連結裝置＝以量子無線方式與大腦連線，透過影像與聲音等方式，對所有感官都能提供訊息的攜帶型終端機。
■BRAIN BURST＝黑雪公主傳給春雪的神經連結裝置內應用程式。
■對戰虛擬角色＝玩家在BRAIN BURST內進行對戰之際所控制的虛擬角色。
■軍團＝Legion。由多名對戰虛擬角色組成的集團，以擴張占領區域及確保利權為目的。主要軍團共有七個，分別由「純色七王」擔任軍團長。
■正常對戰空間＝指進行BRAIN BURST正規對戰（一對一格鬥）用的場地。儘管有著直逼現實的高規格重現度，但遊戲系統則與上個世代的格鬥遊戲相差無幾。
■無限制中立空間＝只允許4級以上對戰虛擬角色進入的高等級玩家用場地。其中的遊戲系統規模遠超出「正常對戰空間」之上，自由度比起次世代ＶＲＭＭＯ遊戲也毫不遜色。

■運動指令體系＝用以控制虛擬角色的系統，正常情形下對於虛擬角色的控制都由這個系統處理。
■想像控制體系＝透過堅定想像意念（Image）來控制虛擬角色的系統。運作機制與正常的「運動指令體系」大不相同，只有極少數人懂得如何運用，是「心念」系統的精要。
■心念（Incarnate）系統＝干涉BRAIN BURST的想像控制體系，引發超越遊戲格局之現象的技術。又稱做「現象覆寫（Overwrite）」。

■加速研究社＝神祕的超頻連線者集團。不把「BRAIN BURST」當成單純的對戰遊戲而另有圖謀。「Black Vise」與「Rust Jigsaw」等人都是這個社團的成員。
■災禍之鎧＝名喚Chrome Disaster的強化外裝。一旦裝備上去，就可以使用吸取目標ＨＰ的「體力吸收」與透過事前運算來閃避敵方攻擊的「未來預測」等強力技能，但鎧甲擁有者的精神會遭到Chrome Disaster汙染，進而完全受到支配。
■Star Caster＝Chrome Disaster所拿的大劍，有著凶惡的造型，但原本的外形可說名符其實，是一把意象莊嚴，有如星星般閃閃發光的名劍。

■ＩＳＳ套件＝ＩＳ模式練習用（Incarnate System Study）套件的縮寫。只要用了這種套件，任何超頻連線者都能夠運用「心念系統」。使用中會有紅色的「眼睛」附在虛擬角色的特定部位上，散發出來的黑色鬥氣就是象徵「心念」的「過剩光(Over Ray)」。

■「七神器」(Seven Arcs)＝指「加速世界」中七件最強的強化外裝。包括大劍「The Impulse」、錫杖「The Tempest」、大盾「The Strife」、形狀不詳的「The Luminary」、直刀「The Infinity」、全身鎧「The Destiny」與形狀不詳的「The Fluctuating Light」。

■「心傷殼」＝包覆對戰虛擬角色根源所在之「幼年期精神創傷」的外殼。據說若外殼格外堅固厚重，安裝BRAIN BURST後就會塑造出金屬色的對戰虛擬角色。

■「人造金屬色」＝不是從玩家的精神創傷中自然誕生，而是由第三者加厚其「心傷殼」，人為創造出來的金屬色虛擬角色。

■「無限EK」＝無限Enemy Kill的簡稱。是指在無限制中立空間因強力公敵導致對象虛擬角色死亡，經過一段時間復活後再次被殺，陷入無限地獄的迴圈。

▶▶▶ Accel World

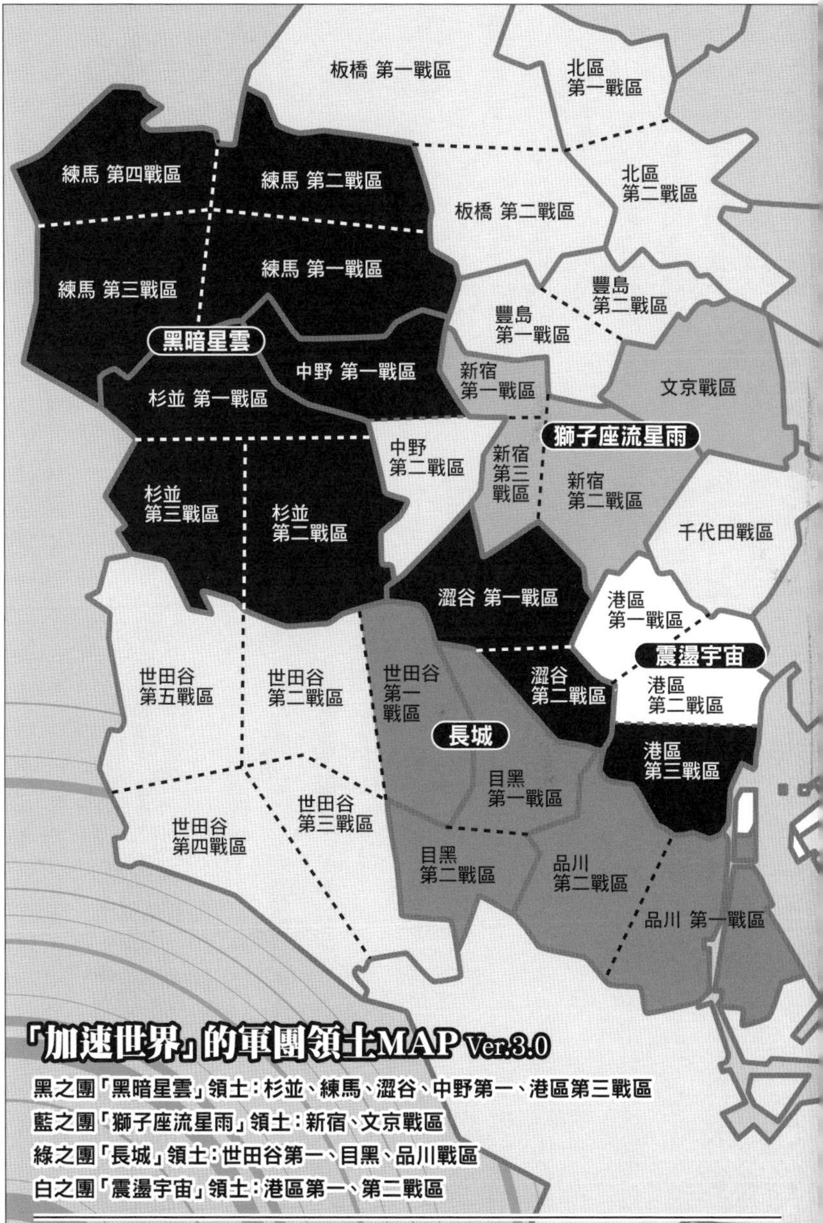

「加速世界」的軍團領土MAP Ver.3.0

黑之團「黑暗星雲」領土：杉並、練馬、澀谷、中野第一、港區第三戰區

藍之團「獅子座流星雨」領土：新宿、文京戰區

綠之團「長城」領土：世田谷第一、目黑、品川戰區

白之團「震盪宇宙」領土：港區第一、第二戰區

空白地帶：板橋、北區、豐島、中野第二、千代田、世田谷第二、第三、第四、第五戰區

1

「唉……不管經歷多少次，在這等待時間都會心浮氣躁呢……」

春雪喃喃說完，手指在虛擬桌面上游移。現在他已經關掉全球網路連線，所以本來打算玩些離線也能運作的小遊戲來抒解緊張情緒，卻連要打開哪個APP也決定不了。

坐在副駕駛座上的黑雪公主，隔著靠頭枕對他露出淡淡的苦笑。

「我說春雪啊，離會議開始還有足足二十分鐘。志帆子還比你鎮定得多了吧。」

「咦，沒有，哪裡……我也緊張得不得了……」

小聲這麼回答的，是坐在春雪左側，後排正中座位的奈胡志帆子。或許是因為她的好朋友三登聖實和由留木結芽並未同行，又或者是出乎意料背負起重責大任，她話的確變得比較少了——春雪是這麼覺得。

加速世界裡的志帆子，也就是Chocolat Puppeteer，是個非常高姿態的千金小姐型虛擬角色，春雪自從認識這個虛擬角色以來，就一直被她數落得千百個不是。但現實中的志帆子，嚴格說來個性偏低調，讓他還無法適應。但仔細一想，他們在現實世界見面，還只是短短五天前的事。

志帆子、聖實、結芽三個人，一起來到梅鄉國中的學生會室，全都顯得十分緊張，但看到裡面態度最怯懦的志帆子報上名號，說自己是Chocolat Puppeteer時，他就震驚得忍不住「咦」一聲叫了出來。但現在回想起來，當志帆子她們知道那犀利又靈活的Silver Crow，裡面的人是這胖嘟嘟的有田春雪，想必心中也是在呼喊「咦——！」……說不定還是「噁噁————！」。

真的是得由衷感謝她才行。她即使知道春雪的真面目，仍絲毫不採取輕蔑的態度，反而還加入黑暗星雲成為團員，會在現實世界一起出門，或是到他家來玩。

坐在志帆子另一頭的倉嶋千百合，彷彿感應到了春雪這個有幾分自虐的念頭，以含笑的聲音說：

「黑雪學姊，小春會緊張也是沒辦法的啦！畢竟他在車上被四個美少女圍住。」

「嗯……原來如此，說得也是。春雪，你儘管心浮氣躁吧。」

聽到黑雪公主這番難以回答的話，駕駛座上的倉崎楓子也嘻嘻一笑。

「既然這樣，是不是該為了鴉同學，穿得更夏天一點來呢？」

說出這麼一番旨意的楓子，穿著寬領的夏季針織衣與迷你裙長度的紗裙，已經夠夏天了。

「喂喂，楓子，妳再穿得更夏天，可就對教育有不良影響了。」

「哎呀，提升團員的士氣，可是團長和副團長的責任喔。我覺得小幸可以再多露一點。」

「有……有這種義務誰受得了！」

聽到這樣的對話，春雪也只能瞥向前方，但他坐在駕駛座後面，對前座的兩人都只看得到肩膀以上的部分。根據出發前的記憶，黑雪公主應該是穿戚風長版上衣搭配五分內搭褲，所以按照春雪的判斷基礎，倒也不算露很少——

胡思亂想了一會兒，千百合又丟出一句像是在捉弄他的台詞。

「小春對不起喔～我這身打扮讓你不太能心浮氣躁～」

千百合說是這麼說，但她穿著萊姆綠的T恤與白色牛仔短褲，也挺有夏天的感覺。然而就算從懂事以來就玩在一起的玩伴露出一截腿，又怎麼會心動呢？大概吧。

要是這種時候做出奇怪的反應，多半會引發更多連鎖捉弄效應，所以春雪將視線固定在眼前的座椅靠背上，小聲喃喃唸著：「平常心平常心……」。沒想到連坐在旁邊的志帆子都說：

「那個……不好意思，我穿這樣就來了。」

聽到這樣的發言，春雪不由得視線再度亂飄。

志帆子身上穿的，是有著寬邊清教徒式領的灰色短袖襯衫，搭配白色百褶裙……也就是學校制服。

「不，也不會啦……Choco沒什麼好道歉的……我也是穿制服……」

為什麼是我在打圓場？春雪暗自納悶之餘，還是這麼回答，志帆子就微微歪頭問起：

「我是因為沒時間挑衣服，烏鴉同學為什麼穿制服呢？」

「咦？呃……因為之後在學校還有委員會的工作要做……」

「現在是暑假第一天耶，是什麼委員會啊？」

「是飼育委員會，飼養貓頭鷹。因為不能不餵牠。」

聽到春雪的說明，志帆子睜大了眼睛。

「是喔，好厲害！那貓頭鷹是怎樣的貓頭鷹？」

「是一種叫作白臉角鴞的品種……」

春雪一邊回答一邊動起手指，從神經連結裝置的圖片資料夾裡挑出幾張小咕的照片後，往左一滑。一看到春雪傳到她桌面的照片，志帆子立刻歡呼：

「哇啊，好可愛！橘色的眼睛好漂亮……──咦，可是，這是在梅鄉國中裡面沒錯吧？為什麼照片上拍到了謠？」

回答這個問題的不是春雪，而是千百合。

「小春是飼育委員會的委員長，但小謠是超委員長！」

「超……超委員長……？」

志帆子頭上冒出問號，春雪對她說明情形。

梅鄉國中的飼育委員會，是因為由同一家企業經營的私立松乃木學園飼育委員會遭到廢止，為了收留無處可去的小咕才成立的。小咕受到以前的飼主虐待並遺棄，是在瀕死狀態下被四埜宮謠收留，變得只吃她餵的東西。因此謠也成了梅鄉國中飼育委員會的一員，每天放學後都會來餵食——

「哦……原來有過這樣的情形啊……」

志帆子聽完說明，再度仔細看著拍到小咕和謠的照片，然後發現了什麼似的問起：

「咦……可是這麼說來，就表示烏鴉同學第一次見到謠的時候，並不知道她是超頻連線者，而且還是黑暗星雲『四大元素（Elements）』之一……是嗎？」

「嗯……嗯。而且四埜宮同學也不知道我是超頻連線者，又是黑雪公主學姊的『下輩』。」

「啊哈哈，那你們兩位知道對方的身分時，應該都嚇了一跳吧。」

「嗯，還好啦，主要都是我嚇到……」

春雪點點頭，在一旁聽著的千百合就說：

「我說啊，我剛剛才想到……這只要黑雪公主先和小春還有小謠說一聲，不就好了嗎？畢竟應小謠的請求，成立飼育委員會的，不就是學姊？」

結果副駕駛座上的黑雪公主立刻回過頭來：

「喂喂，我只是找學校當局小小打通關節。而且當時我可料不到春雪會抽到要參加飼育委員會的籤。」

「啊～對喔……等等，咦，記得小春會當飼育委員，不是抽籤決定，是自告奮勇？而且還是搞錯……」

千百合說到這裡，春雪刻意清了清嗓子，覆寫掉她這句話。千百合的記憶很正確，是春雪在教室裡發呆，沒聽老師說話，被叫到名字就反射性地站起，不明就裡地就變成自告奮勇要當飼育委員——這才是實際情形。而且發呆的理由，是因為在腦子裡重播前一天他和仁子——上月由仁子，在自己家客廳所說的話。

一想到這裡，耳邊就微微響起仁子的聲音。

——春雪大哥哥，如果我們之中有一個……或是我們兩個都失去了Brian Burst，一定會把對方忘得乾乾淨淨吧……

——所以我們來約定，如果哪天在神經連結裝置的聯絡簿裡看到沒印象的名字，刪除記錄之前要先寄一封郵件過去。這樣一來，搞不好，就能再一次……

當時的仁子，被七王會議上對峙的純色諸王所發出的「資料壓」震懾住，擺脫不了點數全失的恐懼。但她一路走來，勇敢面對、克服了這種恐懼，保護住自己該保護的事物。

現在這一瞬間，仁子也和Blood Leopard一起，在離春雪他們不太遠的地方待命。為的是和在加速世界中帶來無數混亂與悲劇的強大敵人對峙。

「……我說啊，烏鴉同學。」

被志帆子叫到，春雪回過神來，眨了眨眼睛。

「啊……什……什麼事？」

「等會議結束，我可不可以也去梅鄉國中叨擾？可以讓我看看你們餵小咕的情形嗎？」

「嗯，可以啊，當然可以。」

他立刻點了點頭。小咕剛來梅鄉國中時，對謠以外的人都很提防，但最近已經漸漸穩定到願意吃春雪餵的東西，所以就算志帆子在場，應該也不至於會不安。

「好棒！」

志帆子露出笑容，另一頭的千百合卻翻起白眼，駕駛座上的楓子則以輕快的口吻說：

「哎呀哎呀鴉同學，不知不覺間，你已經可以這樣堂堂正正答應女孩子的要求啦。」

「嗚咿！哪……哪裡，也也也也不是那麼堂堂正正……」

「哎呀，我是在誇你耶。我這個做師父的，只是為了徒弟的長進而高興呀。」

說是這麼說，但從照後鏡看去，她臉上卻似乎露出了真空波Laker式微笑。然後副駕駛座上則有極凍黑雪式微笑。

春雪脖子愈縮愈短，小聲說道：

「……這個，如果不嫌棄，師父也……還有學姊要不要也一起去？」

「很遺憾的，我們穿著便服，進不了學校。」

黑雪公主說著撇開臉。

「啊～對我就不邀啊？」

千百合鼓起臉頰。

「妳……妳之後明明有重要的任務好不好！」

「話是這麼說沒錯，可是重要的是受到邀請再拒絕！」

聽春雪與千百合拌嘴，志帆子開心地笑了笑。她的表情裡，已經感覺不到先前的緊張。

——如果犧牲我，可以讓Choco放鬆，這樣就很好……

春雪暗自這麼想著，不由得仰望起窗外的藍天。

二〇四七年七月二十一日，星期日——暑假第二天中午。

春雪等五個人，由楓子開著黃色義大利產輕跑車，從杉並戰區出發，一路移動到千代田戰區。

目的當然是為了出席從下午一點開始的第四屆七王會議。

上一屆——正好就在兩週前舉辦的七王會議上，黑之團（黑暗星雲）對其他六個軍團，提議一項大型作戰。

也就是一旦證實加速研究社的據點戰區，七大軍團就要立刻傾全力進攻。如果有軍團不參加，就視為和研究社勾結，一起當成攻擊目標。

雖然途中黃之王Yellow Radio從旁攪局，但也靠著藍之王Blue Knight的推動，讓提議得到採用。

春雪等人在那個時間點上，就已經確信白之團（震盪宇宙）就是加速研究社的母體。然而沒有根據，只憑確信，終究無法讓諸王採取行動。他們必須想辦法拿到不動如山的鐵證，但這也並非易事。

最終黑暗星雲所擬訂的，是多達三階段的複雜作戰計畫。

首先和綠之團（長城）交涉，請他們答應暫時讓渡澀谷第一及第二戰區。

下一步是在星期六傍晚的領土戰即將開打之際，實施兩塊領土的轉讓，再進攻並奪取白之團大本營所在的港區第三戰區。

最終再請藍之團的監察員（Observer），檢查失去白之團拒絕挑戰權的港區第三戰區對戰名單。如果名單上存在加速研究社的成員，就能夠證明這些人就是白之團的團員——

坦白說，要當成「不動如山的鐵證」，效力還太薄弱。到頭來還是非得依賴監察員的證言不可，因為他們拿不出能讓黃之王閉嘴的有形證據。

但話說回來，他們沒有別的選擇。春雪等人一一克服障礙，還為了增強戰力，完成了與紅之團（日珥）的合併。然後終於在昨天——七月二十日，將計畫的最終階段付諸實行。

然而——

理應是一場完美奇襲的領土進攻，卻被白之王事先得知。

神祕的超頻連線者Orchid Oracle突然在領土戰空間現身，以心念將戰場轉變為無限制中立空間，而黑暗星雲進攻團隊的十七人，在白之團幹部集團「七矮星（Seven Dwarfs）」當中位列第二的Snow Fairy與名列第七的Glacier Behemoth兩人的組合心念攻勢之下，幾乎全軍覆沒。

春雪與千百合驚險地逃脫了無限EK的圈套，和從不同地點連進來的第十八名團員Trilead Tetraoxide會合，在勉強涵蓋在Oracle心念有效範圍內的芝公園地下迷宮（兩極大聖堂），勉力打倒了大天使梅丹佐的第一型態。他們和得到解放的梅丹佐本體一起前往主戰場的途中，春雪發現Orchid Oracle縮在一座小小高塔的屋頂上，於是想將她連著保護她的七矮星第三星Rose Milady一起打倒。

但他沒能辦到。因為他得知了Oracle的真面目，就是在梅鄉國中學生會擔任書記的黑雪公主好友若宮惠。

惠對春雪說了。說她是個早在很久以前就已經點數全失的超頻連線者；說她是在領土戰開始前的短短幾個小時之前才恢復記憶；還說白之王Cosmos對她說，只要她聽話，就會把她的「上輩」——Saffron Blossom也給復活。

春雪確信這是白之王的謊言。因為在很久以前，讓Saffron點數全失的，就是白之王本人。

但惠否定春雪的話，想再度躲進自己的殼裡。

這時，他們兩人聽見的Saffron說話的聲音。

他不明白那是真的聲音還是幻覺。可是，Saffron說：「妳要做妳認為對的事。現在，為了妳最喜歡的人，做妳能做的事。」而惠也聽從了這句話，回到戰場後，將無限制中立空間變回了原本的領土戰空間。

黑雪公主與仁子所率領的進攻團隊，在主戰場瀕臨全軍覆沒的險境，但配合空間的再度轉換，以卯足全力的心念攻擊反敗為勝，將震盪宇宙的防守團隊全數殲滅。領土戰爭以黑暗星雲的勝利作收，港區第三戰區終於變成黑之團的領土。

然而擔任監察員的藍之團「雙劍(Dualis)」Cobalt Blade與Mangan Blade傳來的聯絡，卻讓春雪驚愕不已。即使白之團的挑戰拒絕特權遭到剝奪，港區第三戰區的對戰名單上，仍然沒有出現任何一個加速研究社成員的名字。

就在眾人消沉之際，奈胡志帆子做出了令人意想不到的發言。

在受到多達十隻邪神(Devil)級公敵包圍的絕望狀況下，志帆子想到要把伙伴們奮戰的英姿，保留在記憶與記錄之中。於是她就啟動了無意間帶來的重播卡錄影。

錄到了名列「七矮星」第四，卻擔任白之王全權代理的震盪宇宙重量級幹部Ivory Tower，變身為自稱加速研究社副社長的黑色積層虛擬角色Black Vise的情形。

重播卡是只能從無限制中立空間的「商店」中取得的卡片類物品之一，絕對無法針對錄影內容加以剪輯或修改。因此志帆子這張錄到關鍵場面的卡片，足以成為春雪等人最迫切渴望的

「有形證據」。

Black Vise在六月上旬舉辦的「赫密斯之索縱貫賽」中，就曾與加速研究社的Rust Jigsaw一起中途闖入，將他那極具特色的身影，暴露在許多觀眾眼前。而在緊接著召開的第一屆七王會議上，黑雪公主就報告過他們兩人的虛擬角色名稱與所屬組織名稱。所以對於Black Vise乃是加速研究社實質首腦之一的這件事，現在其他諸王也並不懷疑。

在即將開始的第四屆七王會議上，Ivory Tower應該也會以一副不知情的表情出席。只要在他眼前播放這段影片，讓眾人看到他變身為Black Vise的模樣，相信這次他終究再也不可能推託。相信……一定是的。

儘管有著確信，卻又揮不去一種隱約的不安，讓春雪用制服褲子擦了擦冒汗的手掌。

春雪抬頭一看，發現自己思索了這麼久一段時間，先前那麼熱鬧的女性群也都不說話了。

楓子停車的地方，是從內堀大道往西進去一點的辦公大樓街停車場，由於是星期日，沒有其他車輛停在這裡。車內只聽見小小的空調聲，以及隔著窗戶透進來的蟬鳴聲。

從椅背間看見的黑雪公主臉頰線條，讓春雪怔怔地注視了好一會兒。

她的口氣與態度，看似和平常沒有兩樣，側臉上卻從一早就一直透出些許的憂鬱。她之所以會這樣，理由春雪也明白。

Orchid Oracle……若宮惠在昨天的領土戰爭裡聽從春雪的說服，將空間恢復原狀，為黑暗星雲帶來了勝利。黑雪公主和她是從入學當初就認識的好朋友，但聽來似乎從領土戰爭後，就一直聯絡不上她。

惠背叛了白之團，怎麼想都不覺得那冷酷無情的Black Vise……以及白之王White Cosmos會輕易原諒她。最壞的情形下，也可能讓復活的Oracle再度點數全失。

開往千代田戰區的車上，黑雪公主說「惠遠比她看起來的樣子精明能幹，沒那麼容易被逮到」，但她的口氣卻也像是在說給自己聽。而且實際上也是直到今天早上，郵件和語音呼叫都仍然沒有回音，讓人怎麼想都覺得出事了。

既然電話打不通，剩下的手段也只有跑去她家看看，但黑雪公主多半也拚命忍耐著想這麼做的衝動。現在春雪也只能等軍團長做出判斷。

春雪正想著這樣的念頭……

「……總覺得都傳染到了春雪的緊張啊。」

黑雪公主忽然這麼一說，手指碰上內嵌在中央儀表板上的小型螢幕。現在的車輛，都可以將車速、電池剩餘電量、甚至路線導航，都經由神經連結裝置來顯示在視野之中，但並非所有駕駛都是神經連結裝置的使用者，所以多半還是會配備物理可見的儀表板或螢幕。

黑雪公主將亮起的螢幕，切換到電視畫面。

緊接著就從車門內建的喇叭，迸出儘管音量調低卻仍呈爆發性的歡呼聲。畫面上拍到的似乎是競賽場或體育館，身穿紅色緊身韻律服的少女，揮動右手回應填滿了觀眾席的無數觀眾。其中半個畫面，切換到了重播影片。

「啊，對喔，今天有全日本體操大賽。」

聽千百合這麼一說，楓子操作方向盤上的開關，微微調大音量。主播播報實況的聲音傳遍車內。

「——選手的表演非常精彩。接下來是——學園器械體操社，月折里沙選手的跳馬。」

畫面切換，拍到的是一名將色素稍淡的頭髮綁成馬尾，穿著白底搭配淡紫色配色韻律服的選手。

「月折要挑戰的動作是普羅多諾娃。這是前手翻加上兩次曲體前空翻……這是難度7．0的高難度動作。她在預賽上是順利完成……」

實況播報進行之中，身穿白色韻律服的選手以輕飄飄的動作舉起右手，開始助跑。她將伸出的雙手像鞭子似的甩動，以野生動物般的強韌動作在跑道上飛奔。

她和上一名選手不一樣，不做內轉體，而是雙腳用力踏上助跳板。就在這個時候，喇叭傳來了一種摻雜著尖銳金屬聲響，顯然有異狀的聲音。

「啊……！」

驚呼出聲的是千百合，還是志帆子呢？

穿白色韻律服的選手，在斜向轉了兩圈後，一頭重重撞在墊子上。她彈跳後仰躺倒地，就這麼一動也不動了。喇叭也傳來觀眾的尖叫聲。

看似教練的女性與大會工作人員，以及幾名選手，跑向了倒地的選手。他們小心翼翼地將馬尾少女的身體翻過來，但她仍然閉著眼睛。

楓子把臉湊向畫面，以擔心的聲音說：

「好像是助跳板壞了……沒想到全日本大會上竟然會發生這種意外……」

「但願她受傷不重……」

聽黑雪公主這麼說，春雪正要重重點頭，但就在這時……

他覺得腦幹突然響起鈴一聲細微的聲響。這個比鈴聲更清澈更夢幻的聲響，既不是現實世界的聲音，也不是神經連結裝置的通知聲，更不是幻覺。是從加速世界的遠方，呼喚春雪的聲音──

「……不好意思，學姊。」

發生意外的體操選手固然令人擔心，但他不能無視這個聲響。他戰戰兢兢地對前座叫了一聲，黑雪公主立刻回頭：

「怎麼啦，春雪？」

「不好意思，我可以……去一下嗎？會議開始前我就會回來……」

「怎麼？要上廁所？這附近有沒有便利商店之類的呢……」

黑雪公主正要把螢幕切換到導航畫面，春雪急忙阻止。

「不……不是，我不是要上廁所……是要去無限制中立空間……」

「啥啊！」

喊出這句話的不是黑雪公主，而是千百合。連駕駛座上的楓子，以及坐在他左邊的志帆子，也一臉「為什麼要現在去？」的表情看過來。

「小春你也幫幫忙，離會議開始已經只剩五分鐘了耶。要獵公敵，等開完會要怎麼獵都行吧。」

「不……不是啦，不是要獵公敵……是梅丹佐在叫我。」

春雪小聲這麼一說，千百合就眨了眨一雙大眼睛。

「咦，是小佐……？」

相較之下，黑雪公主則明顯地皺起眉頭。

「真是的，何必挑這種時候……——不對，慢著。」

這時兩人的表情同時轉為啞口無言，然後大喊：

「你說，是梅丹佐在叫你？」

「從無限制空間，怎麼叫？」

黑雪公主和千百合會吃驚是當然的，而且不只是志帆子，連楓子都睜大了雙眼，但他現在沒有時間說明。在這裡拖拖拉拉時，無限制中立空間的時間仍在以一千倍的速度流動。

「這……這個，晚點我會全部說清楚！我兩分鐘……不，一分鐘就回來。如果到時候我沒回來，就請從我脖子上拔下神經連結裝置！」

春雪很快地說完，背靠到座椅上，把神經連結裝置連上全球網路。視野中央一亮起連線圖示，他就以最快速度唸出指令。

「無限超頻！」

啪！！！！！！

這聲加速聲響將春雪的意識帶離身體，飛往真正的加速世界。

2

乾燥的風吹過紅褐色的大地。

春雪以堅硬的腳掌，踏在摻著沙子的地面上，環顧四周。

現實世界中圍繞著計時制收費停車場的辦公大樓，全都化為了粗獷的巨岩。幾乎完全沒有植物物件存在，也沒有鳥兒飛在淡黃色的天空。是號稱在「毫無趣味空間屬性」排行榜上數一數二的「荒野」空間。

只是話說回來，春雪並不怎麼討厭。這是因為取代建築物的岩石進不去，也不存在奇怪的地形機關或陷阱，可以專注在與對手的打鬥上。

然而現在他當然沒有對戰對象。即使如此，他還是仔細往四周搜尋了好一會兒，確定沒看到任何公敵與對戰虛擬角色之後，才在鏡面護目鏡下閉上眼睛。

——來吧，梅丹佐。

以前春雪進行這「確立連結」的步驟，需要花上將近一分鐘，但現在他只默唸了一句話，昏暗的視野正中央，就出現了一個白色發光的點。這個點轉眼間就從閃爍狀態轉為穩定，張開了眼瞼——說得正確一點，是開啟鏡頭眼的遮罩，就看到一個發出燐光的立體圖示，已經出現在眼前不遠處。

春雪還來不及說話——

「——太慢了！」

就在這句已經熟悉的台詞中，圖示以小小的翅膀，在春雪的頭盔上一拍。

「僕人，你知不知道從我呼喚你，已經過了幾小時？」

「抱……抱歉……可是現實，不，我是說Lowest Level的時間比這裡慢了一千倍啊……」

「那只要我一叫你，你就在〇．〇〇一秒之內來到這裡不就好了？」

「這太強人所難了啦！」

春雪先忍不住窩囊地呼喊，然後才發現現在不是爭論的時候。他對黑雪公主等人承諾會在一分鐘內回去，在無限制中立空間內，是長達十六小時又二十分鐘，但如果能早點回去，自然是再好不過。

「不……不對不對，我不是要說這個……呃，妳為什麼找我？如果沒什麼事，我們那邊有重要的會議要開……」

啪啪啪！

「你這蠢材！我也有很多事情要忙！沒事就把你叫來的這種事情……我也不說絕對不會

做，但這次不是這樣！」

「咦……那是有什麼事情……？」

春雪一邊揉著被連續拍打的頭，一邊問起，立體圖示卻不立刻回應，露出像是在看著周遭的模樣。

「這裡是……唔，不算太遠啊。你就在原地待命三十秒。」

「咦？三……三十秒？」

說不遠，是離哪裡不遠……春雪正要問下去，這時立體圖示卻已經無聲無息地消失。

無可奈何之下，他只好呆呆站在被紅褐色巨岩圍繞的空地上讀秒。十秒、二十秒過去，數到二十五秒時，頭上響起微微一陣像是超高頻共鳴聲的陌生聲響。

他以為是敵襲，戒備著仰望天空，看見一道白光直線下降。是一個大大張開兩片翅膀，一頭白銀頭髮有著優美波浪的女性型虛擬角色。錯不了，是神獸級(Legend)公敵大天使梅丹佐的第二型態，也就是梅丹佐本體。

春雪呆住不動，梅丹佐在他面前輕飄飄地無聲落地，將她那閉著眼睛卻仍極具威嚴的美貌，湊到Silver Crow的鏡面護目鏡前，說道：

「如何？只讓你等了二十八秒吧？你也要向我看齊，被我叫到就要立刻……」

「不……不不不不，在在在在這之前……」

春雪以無意識的動作舉起雙手，抓住大天使苗條的肩膀問起：

「妳……妳怎麼會用這種模樣出現在無限制中立空間（Mean Level）……？我們在芝公園地下迷宮打倒妳的第一型態，就算在現實世界算來也是將近一天前的事了，所以第一型態應該早就因為變遷復活，妳也應該回到裡面去了……——啊，該不會是幻影或立體投影之類……」

春雪以破嗓的聲音說了一大串，雙手微微用力，捏了捏梅丹佐的雙肩……

「你……你這無禮之徒！」

大天使右邊翅膀唰的一聲直立，就像彈額頭似的，用前端在春雪額頭上一彈。當事人也許覺得只是以非常輕的力道一碰，但既然是扣掉「四神」以外加速世界最強存在（Being）的一擊，終究和沒有攻擊能力的立體圖示那種拍打不可同日而語。

「噗啾！」

春雪發出窩囊的叫聲，以直體後空翻姿勢被擊飛，整個背部貼到了紅褐色的石柱上。體力計量表能夠只減少兩成，也許是因為他在挨到這下翅膀彈額頭的瞬間，本能地試圖用「以柔克剛」卸開力道。

但腦門受到劇烈衝擊所造成的影響並未立刻消失，春雪從柱子上滑落，一頭栽到地面上。看在旁人眼裡，也許會覺得他的腦袋上有著顯示暈眩的白色特效光在繞著圈子轉。

「哎呀，沒想到飛得這麼遠。」

梅丹佐說著這樣的話靠近，這次把兩片翅膀都伸展開來，長長的先端包覆春雪，將他抱起。雖然減少的計量表並未改變，但從翅膀發出的純白燐光十分溫暖，讓春雪勉強得以擺脫暈眩狀態，這才以窩囊的聲音說：

「嗚嗚……梅……梅丹佐妳好過分……」

「是你不該先有褻瀆的舉動。」

梅丹佐一邊撇開臉，一邊仍然用翅膀支撐著他，說了下去：

「總之，這下你應該明白我不是幻影了吧？」

「嗯……嗯。我完全明白了。可是……既然這樣，妳怎麼會在外面？在芝公園地下迷宮的第一型態，不是早就復活了嗎……」

無限制中立空間的公敵，無論被打倒多少次，每次發生「變遷」後就會復活，這個規則即使是「四聖」也不例外。而變遷的間隔是遊戲內時間的七天。春雪等人打倒第一型態，是在昨天傍晚，在這個世界已經過了兩年以上，照理說已經發生了次數多得數不清的變遷。

聽春雪問起，梅丹佐仍然維持睫毛低垂的表情，輕輕點頭。

「是啊，我的第一型態，的確已經在兩極大聖堂最深層復活了。」

「咦？那……那妳不是也應該會回到裡面去嗎？」

「我本來也是這麼預測……」

大天使難得讓語尾消融在氣息中，春雪盯著她的臉看。

仔細想想，以往的對話幾乎都是經由立體圖示，或是雙方都去到非實體的Highest Level進行，所以這可以說是他第一次有機會，從近距離仔細看著實體的梅丹佐。

她的面孔是十足十的人類女性造型——卻完全感覺不出所謂的人味。並不是狀似人工物或多邊形太精緻這種層次的沒有人味，而是莊嚴神聖得像是真正的天使。

……我可能是跟小小的圖示聊久了，都忘了梅丹佐本來是什麼樣的存在……

春雪整理起自己的想法，而大天使也不知道是否猜到他的心思，用雙翼搔癢似的輕撫Silver Crow的裝甲，再度開口：

「……看樣子，我……梅丹佐第二型態在離開自身領域，也就是離開你們所謂『頭目房間』的狀態下發生變遷，這樣的狀況是系統上並未預測到的。以前第一型態在地上被你們破壞時，在下一次變遷來臨前，我就已經回到自己的城堡，所以並未發現……但就現狀看來，無論發生幾次變遷，都不會再讓我強制回到第一型態的內部……」

「…………呃……呃，也就是說。」

春雪勉力在腦內咀嚼大天使這番略有些艱澀的說明。

「如果妳在芝公園地下迷宮中發生變遷，妳就會回到第一型態裡……但像這樣在外面活動的期間，就會以本體的型態存在……是這個意思嗎？」

「我自認剛才說的內容完全就是如此。」

聽她回得冷淡，春雪點點頭心想：「的確。」

「可……可是，那為什麼妳昨天見我的時候，還是立體圖示的模樣……？」

梅丹佐對這個問題回答得很乾脆。

「對我而言不是昨晚，而是一萬五千兩百一十二小時前的事情，總之那個時候是因為離這裡有一百公里以上，飛回去太麻煩了，僕人。」

「一百公里……」

是群馬，還是靜岡？春雪正想問，但想到梅丹佐多半不知道這些地名，於是改變了主意。

昨天，一行人就這麼搭乘循環公車回到杉並戰區，在有田家開了個簡短的任務後報告會議（Debriefing）後，就在下午六點解散。

春雪只剩自己一個人，拿冰箱裡剩下的拌飯與蠶豆湯解決晚餐，洗了個澡，小睡一小時之後，晚上九點再度來到無限制中立空間。

他不是來戰鬥，而是要遵守在與白之團激戰結束後所下的決心，也就是「等作戰結束，立刻再來一次，去見梅丹佐的本體」這個自己許下的承諾。他本來打算先為梅丹佐多次救他而道謝，然後再談談各式各樣的事情，但梅丹佐以立體圖示模樣出現後，開口第一句話就是：「僕人，我們要修行。」

雖說是修行，但梅丹佐對超頻連線者的對戰技巧沒有興趣。她的目的只有一個，就是更進一步強化聯繫她與春雪的「連結」。看來上次的戰鬥中，連結被在Highest Level遭遇的白之團Snow Fairy切斷這件事，讓她非常不痛快。

他們來到離春雪家住宅大樓有一小段距離的高樓天台上，進行以跪坐姿勢閉目感應梅丹佐存在的修行，用整棟大樓來玩捉迷藏，訓練不出聲對話，其間還去獵公敵或天南地北地聊個不停……這樣的修行進行了長達內部時間兩個月的結果，就是春雪得到了小小的成果。他不但能夠以思念呼喚，還練到能夠接收梅丹佐的呼叫信號。

這正是先前在車上，在春雪腦內響起的小小鈴聲。

說得精確一點，是在梅丹佐頭上發出淡淡光芒的光環(Halo)震動的聲響。

春雪結束漫長的修行，回到自己房間後，這次真的打算一覺睡到早上而倒到床上去。他解下神經連結裝置，閉上眼睛三秒鐘後，意識就要遠離。但就在這個時候。

春雪在腦海中，聽見了來自梅丹佐的呼叫信號響起。就在現實世界……而且他連神經連結裝置都並未佩戴。

雖說以前他也曾在夢中被梅丹佐叫去，但那次他佩戴著神經連結裝置。這次起初他還以為只是耳鳴而忽視，但聽到第二次，第三次，就發現似乎是真的呼叫信號，這才趕緊把神經連結裝置套到脖子上。而當他再度連進無限制空間，也就和剛才一樣，立刻被梅丹佐罵說：「被我叫到就趕快來！」。

「……也就是說，妳在和我修行的時候，一直待在離了足足一百公里遠的地方？然後這呼叫聲還可以傳到Lowest Level……？」

「呼叫聲這個說法不美。唔……今後就稱之為『召喚音』吧。」

「召……召喚音……」

——總覺得僕人度愈來愈高了。

春雪先不理會這個感慨，正要尋求問題的答案，梅丹佐就舉起右手，在春雪額頭上輕輕一戳。

「僕人，要我說幾次你才懂呢？我和你的連結是藉由Highest Level建立，和Mean Level中的距離無關。至於召喚音可以傳到Lowest Level的理由呢……我也不明白。」

真的嗎～～～

春雪想是這麼想，但並不說出口，把話題往回拉一階段。

「……這麼說來……從回到東京以後，妳都在哪裡？要是回到芝公園地下迷宮，下次變遷就會被拉回第一型態裡，可是妳也需要休息或睡覺吧？尤其現在妳更得想辦法恢復跟白之團那一戰消耗的力量……」

「僕人要擔心主人，還早了一千年呢。」

梅丹佐的口氣還是一樣冷淡，但以硬是帶著點——似乎也不是不能算數的——溫情的動作，又碰了碰Silver Crow的頭盔，然後張開從左右包住他的雙翼，收回背上。

「……我們Being和你們小戰士，對時間的認知有著不小的差異，但我的確也需要有阻隔外在知覺，讓思考減速的時間。我離開東京，就是為此。」

「咦……啊……噢，這樣啊？畢竟都離開都心一百公里了，應該幾乎就不會再有超頻連線者攻擊妳了啊。」

「你這說法像是我害怕戰鬥而逃避，我不喜歡。我之所以前往富士，理由並不是只有這一點。」

「富……富士？等等，妳該不會是指富士山吧？」

春雪啞口無言地看著大天使的臉，接著看向西邊的天空。荒野空間的天空不但泛黃，地面又有無數的奇岩群遮住，當然看不見富士山的輪廓。但說到距離東京一百公里的富士，又覺得不會有其他地方，於是接連問出好幾個問題。

「也……也就是說，妳和我修行的時候，本體也一直待在富士山？富士山到底有什麼？該不會是在哪裡療傷？」

但梅丹佐撇開閉著眼睛的臉，只說了一句話。

「這是祕密。」

「……………祕……祕密，是嗎……」

春雪已經學到既然梅丹佐這麼說了，再追問下去也無濟於事，只好乖乖放棄。但卻又下定了決心，心想既然如此，有朝一日一定要自己去查清楚富士山有什麼東西，同時問出另一個問題。

「可是，既然這樣，東京實在沒有什麼可以好好休息的地方啊……獵公敵的超頻連線者，在哪兒都會出現……」

當然他並不覺得神獸級當中最高位的梅丹佐，對上想獵野獸(Wild)級或巨獸(Beast)級的隊伍會吃虧，但加速世界裡發生什麼事情都不奇怪。而且……一旦知道梅丹佐本體已經出了芝公園地下迷宮，說不定也會有勢力特意盯上她。例如說，像是在昨天領土戰爭中明顯的上風被她推翻的震盪宇宙。

這次梅丹佐也並未否定春雪的擔憂。

「……的確，沒有可以放心阻隔所有知覺的所在，是很不方便。雖然真到了緊要關頭，也可以借用其他『四聖』的城，但總覺得會被要求奇怪的代價，實在不太想動用這招。」

要是問起奇怪的代價是什麼，多半又會離題，所以春雪壓抑住好奇心，繼續說下去。

「也就是說，只要有絕對不會有超頻連線者來的地方就行了吧……——從這個角度來看，我第一個想到的就是那裡……」

春雪一邊說，一邊把朝向西邊的臉轉回東邊。

現實世界中的車，是停在辦公大樓街的停車場，所以這個世界也有這些大樓轉變而成的成排巨岩，但密度並不如西側那麼高。巨岩群中到處有著縫隙，可以瞥見座鎮在另一頭的巨大建築物——南北相聯的雄偉岩壁占據了千代田戰區中心的加速世界中樞。也就是禁城——

「……如果是在那裡頭，應該就不會有人找妳麻煩。有沒有辦法找個離四神之門遠一點的地方，直接飛過城牆……」

春雪一句話尚未問完，梅丹佐就發出拿他沒轍的聲音。

「僕人，如果這樣可行，那照理說你也就可以自由出入區域00了吧。」

「啊，對……對喔……」

春雪沮喪之餘，想起了被「災禍之鎧」寄生時作過的夢——Chrome Falcon的記憶。

雖然算不上純粹的飛行能力，但Falcon能連續多次發動短距離瞬間移動招式「閃身飛逝（Flash Blink）」這種變相的空中移動，而他就以這種能力越過了禁城的牆壁。然而即使在當時，他也因牆壁周圍所設定的超重力場而受到重大傷害，而且ＢＢ系統偵測到Falcon的「作弊」，立刻封堵了漏洞。現在無論是有著何種特殊能力的超頻連線者，從四方門以外的地點接近城牆的瞬間，就會被拉近無底深淵而當場斃命。聽說是這樣。

連Sky Raker那推進力凌駕春雪銀翼之上的推進器，都完全沒有機會，所以「飛躍城牆」的方法，多半再也不能用了。而即使是最強的Being「四聖」，也不例外。

「而且……」

春雪垂頭喪氣，整個身體轉過來面向禁城的梅丹佐就在他身旁說了：

「……上次，我跟在你身上闖進區域00時，就有了個念頭。想說下次來到這個地方時，就要以黑暗星雲一員的身分，把『四神』全部擊破，堂堂正正闖進去。」

「…………」

能從梅丹佐口中聽到「以黑暗星雲一員的身分」這句話，讓春雪十分吃驚，又十分高興，但要是這種時候回話，多半又會挨打，所以他只把這句話牢牢刻在內心深處，依樣畫葫蘆地望向禁城。

從奇岩群的一道縫隙，可以微微看見禁城城牆上所設的那雄偉莊嚴的城門。現在他們的位置是在皇居的西側，所以那座大門應該是現實世界中的半藏門——也就是加速世界的禁城西門。在三年前那場造成第一期黑暗星雲瓦解的決戰中，黑雪公主與楓子就是在這裡和四神白虎戰鬥。

兩人勉強從白虎的猛攻下生還，被封印在南門的Ardor Maiden，以及被封印在東門的Aqua Current也都已經順利救出。而理應被封印在北門的Griphite Edge，更在他們不知不覺間，就已經靠自己的力量從無限ＥＫ狀態下逃脫——雖然是逃進禁城內部。

春雪他們距離第二次禁城攻略這個軍團的最終目標之一，應該已經一步步接近。但會覺得不太踏實，也許是因為還剩下很多非解決不可的課題。

其中最重要的一件，就是與加速研究社完全做個了結。

擊潰這個結下了許多梁子的組織，把仁子被他們搶走的強化外裝——無敵號（Invincible）的推進器零件；破壞透過ＩＳＳ套件產生出來的災禍之鎧MarkⅡ，解放彼此肯定而亦敵亦友的好對手Wolfram Cerberus。

除非達成這些目標，否則無論是春雪，還是新生的第三期黑暗星雲，都無法向前進。而要達成這個目的，他們就非得在現實時間四分鐘之後就要召開的七王會議上，證明白之團就是加速研究社的母體不可。

春雪重新下定決心，為了將話題拉回原本的出發點而開了口。

「我也很期待能和妳一起挑戰四神的日子趕快到來。可是在這之前，得先和加速研究社做個了斷才行……等一下在正規對戰空間（Low Level）展開的會議過程，我當然也會跟妳報告，但妳之所以找我來的理由是……」

春雪話說到一半，梅丹佐就伸出纖細的食指，按在他的鏡面護目鏡上。

「在說這件事之前，我想換個地方。你東扯西扯的，這可不是害我都想找個可以放心的地方了嗎？」

這是我的錯喔？春雪想歸想，但即使問了，想也知道她只會很乾脆地說是。而且春雪也認為既然梅丹佐似乎無意回芝公園地下迷宮去，那麼如果能找到一個安全的避難所，就能放心得多。

「呃，呃……禁城內是駁回，其他迷宮有不行，一般建築物又會隨著空間屬性變成岩石或冰塊，而且又會被超頻連線者打壞……」

大天使從拚命思索的春雪身前，輕飄飄地退開一步。

她將仍然閉著眼睛的臉，朝向空地的西側，說出了另春雪意想不到的話。

「妳有什麼主意嗎，Raker？」

「咦？」

春雪大吃一驚，轉過頭去，卻仍只看見無數座紅褐色的巨岩高塔，但幾秒鐘後，只見銀色的輪椅從一座岩石後頭發出輕快的聲響出現。

坐在上面的，當然是穿戴純白寬邊帽與連身洋裝的水藍色女性型虛擬角色——黑暗星雲副團長「鐵腕」Sky Raker。

Raker／楓子任由風吹動讓流體金屬般的頭髮，讓輪椅移動到春雪他們身前，在優美的面罩上露出微笑。

「真有妳的，梅丹佐。虧我還完全隱去了聲息。」

結果大天使哼哼笑了兩聲，回答說：

「那當然。因為現在的我，並不是透過僕人的耳目取得情報。從妳出現的時候，我就已經知道妳躲在那兒了。」

「我倒不是在躲就是了……」

楓子將笑轉為苦笑，晚霞色的鏡頭眼看向春雪。

「是鴉同學在昨天的領土戰爭裡非常努力，所以我就想說給他一些時間當成獎賞。」

「這……這這，謝謝師父好意……」

春雪先縮起雙肩一鞠躬，然後正中問起：

「那……那，師父為什麼會來這裡？」

雖然不知道楓子是從何時開始躲在大岩石後面，但如果不是幾乎和春雪同時唸出加速指令，應該無法這麼快就出現。她肯定沒有時間和黑雪公主等人商量，所以這就表示她是出於獨斷跟來。

聽春雪問起，天藍色虛擬角色以微微傻眼的口氣回答：

「鴉同學，我說你喔，突然丟下『梅丹佐叫我』這麼一句話，然後就無限超頻，我們當然會覺得有疑慮吧？我就是想到，說不定是敵人……是加速研究社設下的圈套，所以跟過來看看。看來她找你是真的，但你們什麼時候變得這麼要好啦？」

「哪……哪哪哪裡，絕對沒有這種事……」

「梅丹佐是用什麼機關，才能把現實世界的鴉同學叫來，這我就晚點再問個清楚，以後還請事先說明來龍去脈喔。」

儘管語氣始終溫和，但被「其實很可怕的Raker老師」這麼一說，春雪也只能立正站好，當場答應。

「了……了解！」

但若說Sky Raker是春雪的師父，梅丹佐就是自稱的春雪主人——

「Silver Crow說明不夠清楚，這點我也承認，可是……」

大天使突然插話，輕飄飄地挪到輪椅正對面。

「這次是我找他來的，Crow在可行範圍內盡快趕來Mean Level，這個舉止可沒有錯呢，Sky Raker。」

「不好意思，話不能這麼說。妳也是黑暗星雲的一員，希望妳能把軍團的團結放在妳個人的要求之上，梅丹佐。」

啪哩啪哩。

春雪產生了幻覺，覺得自己看見了她們兩人之間激盪得霹啪作響的白色電光。楓子和梅丹佐是一起闖進過禁城的交情，但看來並未完全打成一片。

儘管覺得這種時候就該由自己來緩衝，但一邊是外號「ＩＣＢＭ」的加速世界戰略兵器，另一邊則是活了八千年的最強神獸級（Being）公敵，光是被雙方的視線夾在中間，都難保裝甲不會開出幾個洞。

但所幸這突發的冷戰狀況，只維持三秒鐘左右就緩和下來，Raker輕輕眨了眨鏡頭眼後，以一貫的柔和聲調說：

「……那麼，說到妳剛才那個問題的答案……」

春雪歪頭心想剛剛是問什麼來著，然後想了起來。是春雪與梅丹佐討論除了芝公園地下迷宮以外，還有哪兒有安全的所在，而梅丹佐就突然對躲在岩石後面聽他們說話的Raker問起：

「妳有什麼主意嗎，Raker？」

「……雖然不知道梅丹佐會不會中意，但我倒也不是沒有主意。」

「咦，是真的嗎？」

春雪忍不住大聲喊了出來，這才縮起上身，小聲說下去：

「師父，妳知道有什麼地方是其他公敵或超頻連線者都不會來的嗎？」

楓子聽了後再度露出淡淡的苦笑，但她並未說出理由，而是以強韌有力的動作從輪椅上站起身來。

她揮手讓春雪退開幾步，右手筆直伸向黃色的天空。

「疾風推進器（Gale Thruster），著裝！」

語音指令喊出的同時，空中落下兩道水藍色的光，命中了楓子的背部。楓子的虛擬身體籠罩在光芒中，帽子與連身洋裝當場消滅，背後的輪椅也消失了。取而代之的，是出現在她背上的那具有著優美流線型外殼的推進器型強化外裝。正是以前春雪失去飛行能力時曾借用過的，Sky Raker的翅膀。

「我想應該飛得到，但要是飛到一半耗光能量，你可要抱住我喔，鴉同學。」

楓子微笑著丟下這樣一句話，在梅丹佐做出反應前，就點燃了推進器。

「鴉同學、梅丹佐，我來帶路，你們要跟上。」

她說完這句話的同時蹬地而起，推進器發出高亢的噴射聲急速竄升。春雪急忙張開背上的銀翼，梅丹佐也在她身旁輕飄飄地張開翅膀。

「真是的，說明不夠清楚的這點，Raker也是一樣啊。」

梅丹佐一邊抱怨一邊升空，以不輸給疾風推進器的勢頭升上空中，春雪也拚命要跟上——卻窩囊地發現必殺技計量表是空的。現在的春雪，除了心念以外，也並非沒有不靠必殺技計量表就能飛行的手段，但只有在自己已經竭盡全力，無可奈何的時候，才可以依靠梅丹佐借給他的「翅膀」——他決定要往這個方向努力。

無可奈何之下，春雪只好朝天空喊著「對不起，請給我十秒！」說著立刻握緊了右手拳頭。荒野空間裡不存在用來補充必殺技計量表的「好賺的物件」，所以只能去破壞林立在四周的巨岩，但這些岩石雖然不至於像魔都空間那樣無法破壞，卻也相當堅硬。要在短時間內大量破壞，除非是非常專精的接近攻擊型角色，否則就需要依靠強化外裝或特殊能力。

但春雪就近挑了一塊岩石，奮力蹬地，打出了一記毫無特異之處的右直拳。

他做的改變就只有一點，那就是堅定地想像自己從拳頭到手肘，經過肩膀到體幹，有一根堅固的軸貫穿。在衝擊的瞬間，各個關節都激盪出小小的火花，但以格鬥型而言身材嬌小的Silver Crow右手，卻深深穿進紅褐色的岩石，發出鏘的一聲大響，將岩石擊得粉碎。

這是與黑雪公主所傳授他的「以柔克剛」處在另一個極端的「剛勁」，能讓虛擬身體在短一瞬間內有如一整塊鋼鐵。這是他從超硬的金屬色虛擬角色Wolfram Cerberus的鬥法學來的技法，用來打穿堅固的裝甲或結構體。

春雪右手打完，接著左手、再加上右腳、左腳，接連粉碎四塊巨大岩石後，如他自己所宣言，在十秒鐘內累積了五成的必殺技計量表，再度張開了銀翼。他以最快速度上升，趕往在一百公尺高度等著他楓子與梅丹佐。

春雪本來擔心請她們等的時候，疾風推進器的計量表會大幅損耗，但跟上去一看，楓子已經關掉推進器的噴射，由梅丹佐用右手支撐著她的虛擬身體。

「對不起，讓妳們久等了！」

他很想在這句道歉的話後面補上一句「妳們其實感情很好嘛」，但多半會禍從口出，所以忍著不說，結果楓子就豎起了食指。

「鴉同學，你聽好了，一進入無限制空間……」

「無論如何都要先確保必殺技計量表，是吧……以後我會小心……」

梅丹佐看春雪垂頭喪氣，一副沒轍似的模樣搖搖頭。

「連飛天這種小事，也要消耗計量表什麼的，小戰士還真是麻煩啊。」

「我……我說妳喔……對小戰士，不，我是說對超頻連線者而言，飛天可是有夠艱鉅的事情耶。」

春雪一邊懸停一邊反駁的當下，必殺技計量表仍在慢慢減少。所幸梅丹佐並不繼續聊下去，將視線轉向她支撐住的楓子。

「那麼Raker，麻煩妳帶路。」

「了解。梅丹佐，謝謝妳扶著我。」

楓子從大天使手上分開，再度點燃推進器。她說聲「這邊」，就開始往南飛過內堀大道的上空，所以春雪與梅丹佐也各自以自己的翅膀跟去。

楓子沿著禁城的護城河，南下了五百公尺左右，飛越前方出現的一座格外巨大，宛如澳洲烏盧魯（註：意為「土地之母」，又稱為艾爾斯岩）般雄偉莊嚴的岩山——多半是現實世界中的國會議事堂——隨即將行進方向微微轉向東方。無限制空間中沒有戰區界線，但越過這多半就是外堀大道的峽谷，再過去就是港區第一戰區。

昨天的領土戰爭中，南側的港區第三戰區已經成了黑暗星雲的領土，但第一、第二戰區仍然處在震盪宇宙的支配之下。儘管他並不認為因此在這無限制中立空間內，會這麼巧地遇到白之團的團員，但仍然保持最大限度的警戒，跟向前方楓子的藍色噴射光。

沒過多久，前方出現了一座多半有兩百五十公尺高，形狀像是頂端被斜向切下似的岩山。是二〇一〇年代開業的虎之門Hills大樓。聽說即使到了二〇四七年的現在，仍然躋身東京高層大樓二十傑。春雪一邊仰望它的威容，一邊心想，楓子要去的地方會不會是那裡。

的確，要登上那麼高的岩山，除了擁有牆面行駛能力的對戰虛擬角色以外，都是不可能辦到的，但這終究是荒野空間下的情形。如果換成可以進入建築物的煉獄空間或鐵骨空間，甚至連電梯都會動，所以任誰都能輕易上到最頂樓。而且屋頂絕對是斜的，即使大天使再怎麼神通廣大，要在那兒生活多半也會很辛苦。

而楓子很乾脆地跳脫了春雪的臆測與擔憂。她的確接近了虎之門Hills大樓，但只是飛過，繼續往南前進。

前方接連出現許多在現實世界中多半是高樓大廈的岩山，但看來每一座都不是目的地。從楓子由禁城西側起飛，已經過了三分鐘以上，即使是時速只有六十公里左右的節能運行，疾風推進器的能量也差不多要用完了吧……就在春雪開始擔心的這個時候。

被大群高樓大廈遮蔽的視野，一口氣變得開闊。

前方有著荒野空間中罕見的有著綠意——雖然也只是仙人掌或其他多肉植物——覆蓋的盆地。從位置算來，應該是現實世界的芝公園。也就是梅丹佐的居城兩極大聖堂所在之處。

楓子該不會是想把梅丹佐帶回迷宮吧？一旦在那種狀態下發生變遷，梅丹佐就會再度被關在第一型態當中，變得只能以立體圖示的模樣出現在外界。

春雪想弄清楚楓子的真意，正想對飛在前面的Sky Raker說話之際，飛在前面不遠處的梅丹佐就退到他身旁，小聲說道：

「Raker要去的地方，似乎不是我的城堡。」

「咦……那她要去哪裡……」

春雪眨了眨鏡頭眼，把先前凝視著芝公園的視線往右轉。

緊接著，他注意到正前方聳立著一座外觀特異的岩山。遠比虎之門Hills大樓更高，更細。這個不應叫作大樓，而應該稱之為高塔的輪廓，春雪並不陌生。

第一學期剛開始沒幾天，春雪被「掠奪者」Dusk Taker搶走了銀翼後，在Ash Roller的帶領下來到了這個地方。當時無限制空間也是荒野空間。Ash機車雙載，沿著高達三百公尺以上的垂直石壁跑上去，而春雪就是在那兒第一次見到了這個人。見到將心念系統傳授給春雪，後來回歸黑暗星雲的「四大元素（Elements）」之一——「超空流星（Strat Shooter）」Sky Raker。

那座塔，是東京鐵塔遺址。

而在塔頂，有著Raker隱居兩年以上的玩家住宅「楓風庵」。

春雪屏住氣息，仰望著岩石尖塔，疾風推進器的噴射光就在他前方不規則閃爍。是能源終於耗盡了。

楓子張開雙手滑翔，春雪與梅丹佐繞到她兩側，牢牢鉤住她的手臂。楓子依序看看兩人，以平靜的聲音說：

「可以請你們帶我上去那座塔的頂端嗎？」

「也好。」梅丹佐說。

「當然好了！」春雪回答。兩人各自拍動強而有力的翅膀。

當初楓子為了把心念系統的用法，傳授給第一次見面的春雪，毫不留情地將他從塔頂推了下來。春雪失去了翅膀，只靠雙手雙腳爬上高塔，花了他足足七天的時間。其間楓子一直等著春雪抵達，每天都把裝了餐點和提示紙條的包裹丟下去給他。

春雪剛學會心念系統用法的當時，還只能從指尖延伸幾公分的光之刃，如今已經能化為心念「雷射劍（Laser Sword）」與「雷射長槍（Laser Lance）」運用自如，而且還成功地創出第二階段的應用心念「雷射標槍（Laser Javelin）」

與「光速翼（Light Speed）」。

當然了，距離精通在禁城遇見的Trilead之師，前「四大元素」之一的Griphite Edge所說的第三階段心念——透過「絕對理論」從高次元改變現象的終極心念，還遙遠得很。然而這無盡漫長的「心念之道」，就是由現在委身於春雪右臂的楓子，為他開啟了第一扇門。

心念系統有著光明與黑暗這兩面。要是一直施展第四象限的破壞心念，超頻連線者就會被自己心中的空洞所吞噬。對自己與他人的負面情緒都漫無邊際地高漲，連人格都因而扭曲，最後等著自己的，就只有一心一意尋求破壞的修羅之道。

但春雪仍然想去相信心念系統的可能性。畢竟就是因為有這種力量，他才能夠搶回被Dusk Taker搶走的翅膀，而且也得以讓瀕臨消滅的梅丹佐起死回生。他就是有一種預感，認為當自己有朝一日，達到心念第三階段的那個時候，就會觸及到梅丹佐，以及黑雪公主所追求的，這個世界的真相……

「……師父。」

「什麼事呀？」

看到她的視線看過來，春雪才發現自己明明沒有事情，卻無意間叫了她。

「啊，沒有，這個，呃……」

但正好就在這時，他們抵達了高度三百三十三公尺，岩山的頂端映入了視野。支撐楓子右臂的梅丹佐發出感嘆的聲音。

「哦？我的確早就發現這塔上有傳送門，但原來不是只有傳送門啊。」

「呵呵，相當不錯吧？」

楓子這麼回答，而春雪與梅丹佐牢牢支撐住她的身體，從上升切換到水平移動，在東京鐵塔遺址的頂上輕飄飄地著地。

他上次來到這個地方，是在上個月梅鄉國中舉辦校慶的時候，在現實世界大約過了二十天。當時是在剛為了救出封印狀態的Aqua Current而挑戰過四神青龍之後，所以沒有心思欣賞風景，但仔細一看，就覺得遠比記憶中更美。

直徑二十公尺左右的圓形地面上，明明屬在荒野空間中，卻長著一層翠綠的草地，中央還有一座水質清澈的小小湧泉。更中央的地方，有著一團海市蜃樓般搖曳的橢圓形光芒，是通往現實世界的出口傳送門，別名登出點（Leave Point）。

泉水四周長著茂密的可愛花草，更有五顏六色的蝴蝶翩翩飛舞。春雪看著這片堪稱空中庭園的光景，看得默默出神，就聽到大天使略顯狐疑的說話聲：

「……這裡的風景的確漂亮，但如果只看高度，比這裡高的地方多得是……」

「當然不是只有高度喔，小佐。」

楓子說完，迅速操作系統選單，將一個物品實體化。是一把發出銀色光芒的小小鑰匙。

她拿著鑰匙，走向中央的泉水。春雪催梅丹佐挪步，往楓子背後跟去。

從庭院邊緣走了五公尺左右之後，聽見鈴鈴……的一陣輕快聲響。泉水另一頭出現無數光點，凝聚成一間小屋。

「哦……那就是你們說的玩家住宅是吧？」

梅丹佐的聲調中，含有些微感嘆的意味。小屋雖小，但深綠色的尖形屋頂配上漆成白色的牆壁，以及亮咖啡色的門，醞釀出一種彷彿是從圖畫故事書中蹦出來的氣氛。

楓子在前面領路，繞過泉水接近小屋，門就自動開了鎖。她將門開到最大，轉過身來。

「來，兩位都進來吧。」

楓子準備了有著不可思議香氣的茶與放了神祕果實的蛋糕，春雪轉眼間就吃完，重新看了看小屋內部。

雖然只有一個房間，但感覺遠比外觀看起來寬廣。角落有著小小的廚房，家具則是四人座的茶几組與床、置物箱各一。設置在牆上的可愛暖爐裡，可以看見有種多半永遠不會消失的橘色火焰歡欣搖動。

Sky Raker從第一期黑暗星雲在禁城潰敗後，直到她認識春雪的約兩年來，都在這棟小屋中隱居。當然這並不是指她一直連進無限制中立空間，而是說她用定時斷線的機制來固定登入位置，但從某種角度來說，這等於封印了虛擬角色。

春雪在三個月前，第一次看到這個房間時，覺得空氣中含著一種像是淡淡寂寞的氣氛，但現在只覺得有股令人心曠神怡的溫暖。梅丹佐似乎也有了類似的感覺，比他晚了一步吃完蛋糕後，發出鎮定的聲音說：

「不用說也知道，這裡比起我的居城是小得令人窒息……但沒想到這種房間倒也挺不錯的呢。」

「很高興妳喜歡。」

楓子摻雜些許苦笑回答完，再度打開系統選單，將一把和先前同樣的銀色鑰匙實體化，喀啦一聲放到桌上。

「那，梅丹佐，這個給妳。」

「咦？」

忍不住驚呼的是春雪。

「這……這是，怎麼……？」

「哪有什麼怎麼回事，從一開始不就是在討論這個嗎？」

聽楓子說得傻眼，春雪才總算想起事情原委。

春雪與梅丹佐，在禁城西側的空地上，討論無限制中立空間中有沒有什麼地方是安全的所在，而楓子在他們面前現身後，說「我有個主意」，然後就帶他們兩人來到了「楓風庵」。這也就是說——

「咦……這……這麼說來，師父願意借這個家給她用？」

「也不是借，算是共同管理吧。妳愛在這裡待多久都沒關係。」

「可……可是，如果鑰匙交給梅丹佐，那師父……」

就如先前目擊，如果附近沒有持有鑰匙的人在，上了鎖的玩家住宅就會非實體化，任誰都無法干涉。而且現在東京鐵塔遺址已經卸下觀光重地的重擔，連電梯都沒開，所以無論空間屬性為何，都不可能從內部上來，要作為無限制中立空間內的避難所，的確是天造地設，但相反的也就表示，要是讓拿著鑰匙的梅丹佐留在這裡看家，就會連楓子也無法使用這裡——然而……

「沒問題啊。」

楓子回答得很乾脆，不知道從虛擬角色身上的哪兒，摸出了第二把，不，嚴格說來是第一把鑰匙，放到幾秒鐘前放下的鑰匙旁邊。

「咦咦……鑰匙有兩把？是……是在哪裡打了備用的鑰匙嗎……？」

「就算是無限制中立空間，也終究不存在鑰匙店啊。而且……要是可以複製玩家住宅的鑰匙，總覺得會發生很多問題。」

「既……既然這樣，這鑰匙又是……」

「加速世界的玩家住宅，一開始就準備了兩把鑰匙。關於理由有各種說法，有人說是一把要放在自己的系統選單，一把放在家中的倉庫保管……又或者是為了讓搭檔兩個人共同管理……」

聽楓子這麼說，春雪恍然點了點頭。

現實世界中，一般家門的鎖，都是採用神經連結裝置認證的電子鎖，但加速世界裡的鑰匙則是有實體的物品。既然如此，相信也會遇到想要備用鑰匙，或是想和別人各擁有一把鑰匙的情形。楓子就是在說，她要把其中一把鑰匙交給梅丹佐保管。

但是大天使並不把手伸向放在桌子上的鑰匙，而是用閉著眼睛的臉凝視著楓子。

「……Raker，妳明白這意思嗎？把住家的鑰匙交給像我這樣的存在，發生什麼事情都沒什麼不可思議的。要是一個弄不好，難保我的第一型態不會賴在這庭院裡。」

「嗚咦咦！」

做出反應的又是春雪。

一旦梅丹佐第一型態——能以超大口徑雷射「三聖頌（Trisagion）」燒盡萬物的神之獸占領了這空中庭園，而且萬一脫離梅丹佐本體的控制，到時候任誰……就連擁有鑰匙的楓子，都將再也無法接近這裡。

但楓子臉上始終有著微笑，若無其事地點點頭說：

「到時候再說，小佐。既然身為黑暗星雲團員的妳，正為了沒有地方可以確保安全而困擾，那麼身為同伴，這點小忙當然要幫了……而且，這裡和妳的城堡所在的芝公園相鄰，心情應該也會比較安穩吧？」

「…………」

梅丹佐難得沉默五秒鐘以上，然後這位大天使才微微點頭。

「我沒有『心情』這種含糊的參數，但既然妳都這麼說了，我就恭敬不如從命吧。」

她伸出右手，將手掌蓋上桌上排出的其中一把鑰匙。一碰之下，鑰匙發清淡淡的白色光輝，輕輕飄起，被吸進手掌中。楓子也拎起剩下一把鑰匙，收進自己的置物欄。

「我以後只偶爾會來這裡，所以妳儘管用沒關係。只是，暴風雨空間下會有點晃。」

楓子笑瞇瞇的在桌上雙手一拍，換了個口氣說下去：

「那麼……鴉同學是為了什麼樣的理由，被梅丹佐找來呢？」

話題突然扯到自己，讓春雪在銀色面罩下眨了眨雙眼，這才回答：

「這，就是在說……不知道哪裡有安全的避難所可以給梅丹佐用……」

春雪說到這裡，坐在右邊的梅丹佐就拿他沒轍似的嘆氣。這下春雪才總算想起正確的事情經過。

談起避難所，是因為梅丹佐以本體出現在禁城西側。她出現的理由，是為了說明叫春雪來的理由，而她尚未說明這個理由。

「這個，對不起，我還沒問……」

春雪搔著頭盔這麼一說，這次換楓子聳了聳肩膀。

「我就知道——那我們就正式進入正題吧。梅丹佐，現實世界……Lowest Level的我們，現在正面臨一場重大的會議，事關我們與加速研究社以及白之團那一戰的結果。會議上，鴉同學應該也會應諸王的要求，做出重要的證言。如果不是有十萬火急的事情，我是希望讓鴉同學專心準備會議。」

除了即使面對「四聖」的本體——也就是除了離不開禁城的「四神」以外，全加速世界中最強的存在，楓子說話的口氣仍然毫不膽怯，讓春雪忍不住縮起了脖子。但梅丹佐自己卻似乎不以為意，反而還像在道歉似的，微微低下閉著眼睛的臉。

「……我也明白在Lowest Level時間中，黑暗星雲也即將面臨重要的場面。本來我也打算找個地方休息，靜候僕人回報。只是……我的盟友提出了一個無法輕易拒絕的要求，而且很緊急……」

「盟友……？」

春雪和坐在對面的楓子對看了一眼。

儘管梅丹佐擁有和人類幾乎毫無差異，又或者是超乎人類之上的知性，但以分類上來說，她終究屬於「對戰格鬥遊戲中的CPU角色」。這樣的她會有的盟友，就是會是何方神聖？

——不對，之前我也曾經聽過這個說法。不是在現實世界，是在加速世界的某個地方……而且還是聽不是超頻連線者的人物說起……

春雪成功挖掘出記憶之前，楓子就對梅丹佐問說：

「妳這個朋友，不危險吧？」

「要看危險這個字眼的定義。我能保證她不會做出讓你們的體力計量表減少，奪走超頻點數之類的事情。然而她打算說什麼連我也無法預測。有可能會對你們的邏輯回路帶來衝擊。」

聽完大天使的回答，春雪有些退縮，心想不知道對方會說什麼，楓子則反而露出了微笑。

「如果聽得到會令人這麼吃驚的話，反而令我期待呢。要去哪兒才見得到妳這位朋友？」

「不需要移動……我指的是在Mean Level不需要。談話會在Sky Raker，妳想見識的地方進行。」

「原來如此……也就是傳說中的Highest Level吧。」

聽到她們的對話，春雪也喚醒了三天前的記憶。

當時春雪、楓子以及梅丹佐，為了得到最終神器「The Fluctuaing Light」的情報，從朱雀門闖入禁城內部，邂逅了年輕武士Trilead Tetraoxide與他的師父兼「上輩」Graphite Edge。談話中，楓子問起「我也能看到這Highest Level嗎？」梅丹佐則回答：「妳要試試看嗎？」，但當時因為Graph插話，並未付諸實行。

「我在禁城也問過，那不是簡簡單單就去得了的地方吧？」

「如果想單獨達到，就連妳多半也得在Mean Level花上數以年計的時間努力吧。可是只要能夠和我與僕人同調，就有可能辦到。即使妳辦不到，我也會把對話內容告訴妳就是了。」

「聽妳這麼一說，我就更是非去不可了。只是……先不說鴉同學，要跟小佐同調，感覺會很困難呢……」

楓子再度聳聳肩膀，在茶几攤開雙手。

「那？要同調，該怎麼做才好？」

「行為本身很單純，這樣就可以了。」

梅丹佐這麼回答完，用左手握住了楓子的右手，接著將右手朝身旁的春雪伸來。春雪就像受到吸引似的，以左手握住她的手，右手握住楓子的左手。

雖然在她的催促下排出了三角形，但仔細一想，春雪也只去過Highest Level兩次。而且第一次是在與災禍之鎧MarkⅡ的激戰當中，第二次則是被Orchid Oracle的大規模心念捲入之後，都不曾像這樣以平靜的狀態轉移過去。

春雪正緊張地想著說，這樣牽著手是要做什麼——

大天使就以有點像是教師的口吻對他說：

「不必給自己壓力。要阻隔視覺資訊，去感覺。感覺連接我和你，還有Raker的光流。」

春雪照她的話，閉上鏡頭眼，將意識集中在雙手。

即使隔著包覆對戰虛擬角色手掌的金屬裝甲，也能感受到梅丹佐與Sky Raker手上的溫暖與柔軟。這些知覺資訊化為淡淡的光，在三者之間來去。

仔細一想，春雪另外還有一次，是憑自己的意思去到Highest Level。

當時春雪以為梅丹佐為了從災禍之鎧MarkⅡ的攻擊下保護他而消失，後來在一個神祕說話聲的引導下，為了救她而試圖去修復梅丹佐留在Highest Level的核心。

當時他與梅丹佐的「連結」已經瀕臨消滅，就像要去抓住在夜空遠方微微眨動的星星一樣。但現在他們卻牢牢伸手相握。包括昨晚那場長達兩個月的修行在內，他和梅丹佐一起慢慢強化了這高次元連結，現在他已經能夠清楚感受到其中的脈動。

——師父，請跟我來。

他以思念這麼一發話，腦海中就聽到楓子說話的聲音。

——好的，我隨時都可以。

——要開始了。

春雪心中這麼唸誦，將意識往自己和梅丹佐的連結同調。乘著光流，朝著加速世界的顛峰……飛翔。

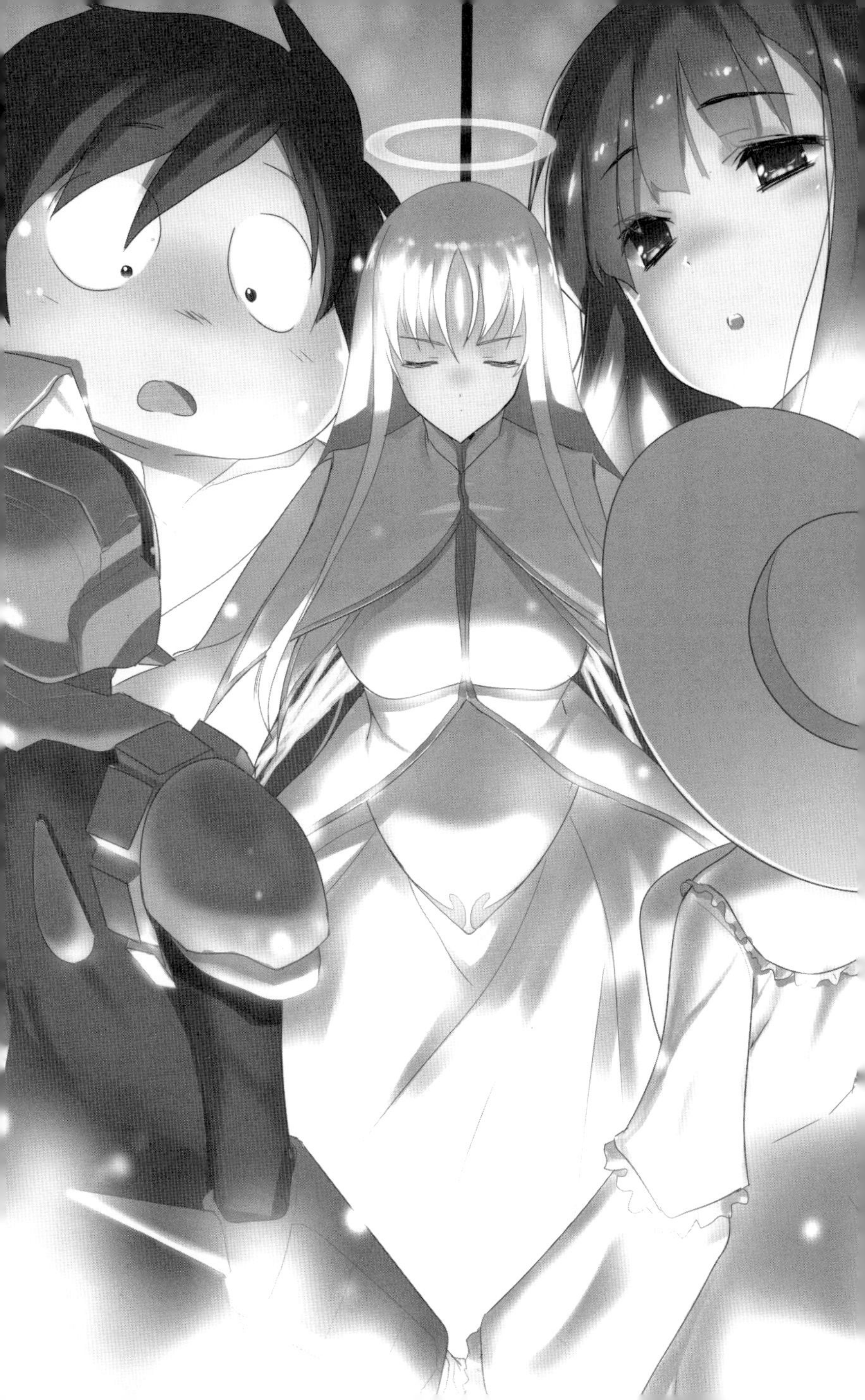

啪！！！！！！一聲再加速聲響起，無論椅子的堅硬，還是茶的香氣，就連對戰虛擬角色的重量也都消失無蹤。

睜開眼睛一看，這裡已經不是那令人舒暢的楓風庵之中。

不，空間位址本身並未改變。但世界沉入完全的黑暗之中，小屋與家具，以及東京鐵塔遺址的立體結構，都以極小的光點描繪出來。至於在近處脈動的藍光，應該就是傳送門了。在遠達三百三十三公尺下方的地面上，則有銀河般的無數光輝在閃爍。那些全都是梅丹佐所說的「節點(Node)」……現實世界中的公共攝影機。

「…………這裡就是，Highest Level…………」

聽到這句輕聲細語而抬起頭一看，楓子就站在身邊。

所幸——大概是幸吧——看到的不是裸體的血肉之軀，而是Sky Raker的模樣。但就和住宅一樣，是由白色光點描繪出輪廓，呈半透明。春雪也一樣是被描繪成Silver Crow的模樣。

楓子低頭看著眼底的星海，再度開了口：

「……好漂亮……簡直像星星的大海——好希望把小幸也帶來。禁城那次也是一樣，老是我先去看過各式各樣的東西……」

「是……不過……」

春雪先點點頭，然後輕輕搖頭。

「我想黑雪公主學姊會說，她不用別人帶，而是想靠自己的力量去到。相信有朝一日，學姊一定可以突破四神的防守，堂堂正正打開城門，攻進禁城。」

「呵呵，也對……這是一回事，可是……」

她讓淡淡發光的頭髮甩動，環顧四周。

「……小佐跑哪兒去啦？」

「咦……」

春雪也趕緊四處張望，但前後左右都看不見梅丹佐的身影。該不會是把她給丟在Mean Level了……

「僕人，這怎麼可能？」

突如其來的斥責聲中，頭盔被拍了一記，春雪這才往上看去。結果看見梅丹佐將長翼收回背後，翩翩降臨的身影。

「我話先說在前面，你和Raker能夠轉移到這個階層，始終都是因為有我在。從BB2039開天闢地以來，獨力來到Highest Level的小戰士是一個都沒有……應該沒有。」

「我……我知道啦……」

他嘴上這麼回答，心中卻補上一句：如果是黑雪公主學姊，有一天一定來得了這個地方。

「……那，梅丹佐妳說的朋友在哪裡……？」

「已經來了。」

這句話尚未說完，梅丹佐身旁就出現了小小的光點。這些規律閃爍的光點，迅速轉移到連續亮燈狀態，無聲無息地散開，創造出了一個直徑約十公分——雖然在這個空間裡，也只是春雪主觀的目測——且沒有厚度的圓盤。

圓盤周圍出現了另一個極細的環，有十條左右的線段，以和環交錯的角度延伸。就在「日輪」這個字眼從春雪腦海中浮現的瞬間，光點描繪出了一個將圓盤捧在額頭上的人形。

是女性。身高比梅丹佐要矮一些，但那令人聯想起古代日本的裝束很有分量感。柔和的美貌也同樣和風，全直的頭髮長得碰得到腳邊。以虛擬角色而言，這模樣相當逼真，但在一切都由發光點描繪出來的Highest Level，看不出原本的質感。

這個女性型虛擬角色明明和身旁的大天使一樣閉著雙眼，照射在春雪身上的視線卻有著深不可測的壓力。她隨即輕輕舉起右手，讓一把大型的扇子出現，而扇子遮住的嘴，發出了溫潤卻又典雅的說話聲。

「終於見到你了呢，Silver Crow。」

「啥耶？」

春雪開口就不由得發出了相當窩囊的聲音，這才戰戰兢兢地問起：

「請問……妳認識我？」

「當然了。雖然像這樣面對面還是第一次，但我們明明說過話。」

「呃……這……」

她是這麼說，但春雪所知道的和風對戰虛擬角色，就只有Ardor Maiden、Trilead Tetraoxide，以及昨天交手過的白之團暗殺忍者Shadow Croaker。眼前這位不太像巫女，更像神代女王的虛擬角色，他完全陌生。而她古風的口吻，與他在昨天領土戰中和Glacier Behemoth打鬥時，指導他劍技的神祕嗓音很像，但音色完全不一樣。

——不對。

雖然不記得看過她的模樣，但總覺得聽過那絲絹般柔順的次女高音。不是在正規對戰，也不是在領土戰，而是在無限制中立空間……而且記得不是在平時，是在某種極限狀況下……

當春雪把頭歪到不能再歪，身旁的楓子就把臉湊過來輕聲細語說：

「鴉同學，這位多半是……」

但尚未聽楓子說完，春雪的記憶就微微串連了起來。

「啊……妳就是，那個時候！當我以為梅丹佐快要消失的時候，告訴我說還有可能性的那位！」

春雪無意識地踏上兩步。他想傳達心中湧起的感謝，正要用雙手捧住這位拿著扇子的和風虛擬角色右手——

但就在即將碰觸到之際，他的動作忽然停住。

當時，眼前的這位女性型虛擬角色，說她是梅丹佐的盟友。

而梅丹佐不也說過嗎？說想引見給春雪的是自己的盟友。梅丹佐一貫地把春雪當成僕人看待，即使是王級的強者，她也不可能稱小戰士為盟友。

也就是說，這位女性不是超頻連線者……

春雪將停在距離她右手還剩五公分處的雙手緩緩張開，慢慢後退。

「請問，妳該不會，和梅丹佐一樣……」

「要是你就這麼碰到，我可就會用這個拍你一記了。」

女性瞬間合上遮住嘴的扇子，以泰然自若的聲調報上名號。

「本座是『四神』之一，鎮守天之岩戶……你們所謂『東京車站地下迷宮』的Being——天照。」

——果然啊啊啊啊啊啊！

春雪拚命忍住呼喊之於忍不住就想往後衝刺的衝動。

春雪試圖救助瀕臨消滅危機的梅丹佐時，引導他的那個不可思議的說話聲，的確說過自己叫作「某某照」。而當時春雪沒能聽清楚的名字，肯定就是天照。仿日本神話中的太陽神創造出來的最強神獸級公敵。既然是這樣的大人物，也就難怪梅丹佐會稱之為盟友。

春雪事到如今才湧起敬畏的念頭，儘管全身發抖，但仍想為受她幫助一事道謝。

「那……那個時候對我說話的，就是天照，小姐……是吧。這個，真的，很謝謝妳。多虧了妳，我才能救了梅丹佐……」

「僕人？」

聽保持沉默已久的梅丹佐突然插話，春雪痙攣似的把臉往右轉。

「什……什麼事？」

大天使微微皺起細長的眉毛，發起了他意想不到的牢騷。

「你，叫我就直呼名字，對天照卻打算加上敬稱？」

「嗚咿……妳……妳說這個我也很為難啊，畢竟我和天照小姐是第一次見面……」

春雪這麼一回答，太陽神再度張開扇子，以同樣神定氣閒的口吻說：

「本座反而還希望他用娘娘兩字稱呼，但既然梅丹佐讓他直呼名字，在這裡本座也就有樣學樣吧。」

「這……這可多謝了……」

春雪先一鞠躬，然後才發現不對。

「……不對，請等一下。我總覺得之前天照呼喚我的時候，說話不是這種口氣……」

如果春雪的記憶沒錯，當時聽見的說話聲，口氣極為單純，第一人稱也不是「本座」而是

「我」。聽他指出這點，天照似乎略顯尷尬，把扇子舉到鼻子的高度。

「只是因為當時，透過梅丹佐的連結瀕臨斷線……我就把該傳達的資訊量壓到最低。這才是本座平常的樣子。」

「是……是喔……」

——照這樣子看來，這位既然會是梅丹佐的朋友，多半也是相當難搞……

天照彷彿讀出了春雪的這個心思，再度將扇子唰的一聲合上。

「Silver Crow，你聽好了。儘管本座特准你省略敬稱，但萬萬不可忘了對本座的敬意。如果要道謝，就不應該只在Highest Level說了就算，而是要正式來到本座的祠堂。當然也別忘了貢品。」

「是……是的……將來，一定……」

春雪答應之後，才發現若是在無限制中立空間裡，進入東京車站地下迷宮，豈不是會受到天照的第一型態攻擊，但想到時已經遲了。他在心中補上一句說等我升上7級，不，等我升上8級就去，然後朝梅丹佐瞥了一眼。

「這個，梅丹佐，妳叫我來，是為了介紹天照，嗎？不，這我當然很高興，但為什麼要挑現在……」

「你的記憶容量還是一樣少啊，僕人。我明明說過……說我之所以找你來，是因為我的朋友天照有緊急的要求……」

「啊……是……是這樣嗎……」

他再度央視線從大天使轉往太陽神身上。

「呃，請問妳有緊急的事要找我嗎？」

「不然本座才不會特地弄得這麼麻煩。本座和梅丹佐不一樣，重視內觀，因此像這樣轉移到Highest Level，一百年只有一次左右。只是話說回來，有事要找你的不是本座。」

「咦？那……是誰？」

春雪已經莫名其妙，交互看了看兩位高階Being。

回答他這個問題的，不是梅丹佐，也不是天照，而是似曾相識的第五個人的嗓音。

「是我。」

溫潤流利中帶著點酸酸甜甜的音色。這次春雪也猜出了說話的人是誰。因為他昨天才和這個對手展開過一場極限戰鬥。

春雪忍不住往後跳開一步，全神戒備。

「妳是……！」

幾乎就在同時，一個新的女性型虛擬角色，從天照背後現身。

她的外型苗條得幾乎讓人感受不到裝甲的厚度。全身關鍵部位都長著銳利的棘刺，頭髮零件有著玫瑰花似的造型。肯定就是震盪宇宙「七矮星」中名列第三的「暴躁鬼」Rose Milady。

「妳……妳怎麼會在這裡……！」

春雪話說到一半才發現不對。儘管不知道理由，但手段非常明顯。就和春雪他們是藉由與梅丹佐的連結而抵達Highest Level一樣，Milady多半也是借用了天照的力量。也就是說——

「……Milady，妳算是天照的僕人……是嗎？」

貴婦虛擬角色聽了，在華美的面罩上露出淡淡的苦笑。

「我自認跟她是朋友。」

太陽神對她這句話不承認也不否認，往後滑開。

「Milady，妳的要求可我辦到了。之後妳儘管談個夠——Silver Crow。」

突然被叫到名字，春雪反射性地挺直了腰桿。

「有……有！」

「你救了梅丹佐，我要鄭重向你道謝。這丫頭在『四聖』中最不穩重……以後也請你多多幫助她。」

「好的！」

突然聽到這樣一番話，春雪幾乎要感激涕零，猛力點頭，但梅丹佐立刻舉起右手，賞春雪一記強烈的彈額頭。他忍不住發出慘叫：「痛痛痛！」

在Highest Level不會發生物理干涉的情形，但唯有梅丹佐的一擊，就是會讓他產生會痛的錯覺。看到春雪按住額頭，天照從扇子邊緣微微露出的嘴上，浮現出了淡淡的笑容——

組成虛擬身體的光點毫無預兆地離散。就和她出現時一樣，只有日輪圓盤留在空間中，而圓盤也隨即像是倒著播放影片似的，往一個點收斂。

最後剩下的光點，閃爍了幾次之後消失。

春雪放下按住額頭的手，依序看了看渾不在乎的梅丹佐、表情沒轍的楓子，以及看不出表情的Rose Milady，然後自言自語似的說了……

「……天照也和梅丹佐一樣……在東京車站地下迷宮的頭目房間裡，待在第一型態裡面對吧……」

他差點說出「之前的梅丹佐」，但Rose Milady應該不知道大天使的本體已經離開迷宮。他不應該無謂地多透露情報給敵對軍團的團員。

從這個角度來看，光是讓Milady知道春雪與楓子現在待在這個地方，都可說有其危險。因為如果她用某種手段將消息告知同伴，那麼要伏擊從Highest Level回到Mean Level的春雪他們也並非不可能。

這個道理，相信連對超頻連線者之間的鬥爭並不熟悉的梅丹佐也懂。梅丹佐與天照，到底是為什麼要把Rose Milady引見給春雪他們呢？

梅丹佐將閉上的眼睛朝向事到如今才戒心大起的春雪，以一如往常的語氣說：

「正是。天照在四聖之中最為……照你們的說法就是最『繭居』。她說她一百年才會來一次Highest Level，我想應該也不誇張。」

「是……是喔……」

無限制中立空間的一百年，相當於現實世界的三十六天又十二小時。即使照春雪的感覺，也絕對不算短。所以說Rose Milady就是有著這麼重大的理由，不惜把這麼繭居的女神拉出來，也要在Highest Level與春雪他們接觸了？

長著無數棘刺的貴婦虛擬角色，以略呈鳳眼的鏡頭眼看著春雪保持沉默。春雪很想問她有什麼事，但一問出口就再也不能回頭。壓力與疑念包夾讓春雪開不了口，這時他的肩膀——被楓子輕輕一拍。

這感覺當然也是幻覺，但精神的緊張漸漸消融。春雪深深呼氣，楓子靜靜地出聲說道：

「好久不見了，Milady。」

Rose Milady又維持了兩秒鐘左右的沉默，才微微點頭說：

「我們已經好幾年沒像這樣說話了呢，Raker。我可沒想到妳竟然也在。」

「如果會打擾到你們，那可就抱歉了。只是，既然事情已經演變成這樣，我也不能默默走開。這狀況……妳應該也明白吧？」

從她們的對話聽來，Milady與楓子似乎是舊識，但兩人似乎都不打算敘舊。

楓子所說的狀況，相信當然就是指現實世界中只剩幾分鐘就要舉辦的七王會議。會議場上，黑暗星雲打算丟出志帆子錄影的重播卡這個炸彈。相反的，要把白之團和加速研究社逼得無可抵賴，也就只剩這個手段。而楓子就是搶先把話說在前面，要讓身為震盪宇宙幹部的Rose Milady知道，無論她是以什麼樣的意圖來接觸，我方都有著不接受說服或籠絡的決心。

Milady讓她豔麗的面罩上透出淡淡的憂愁，點點頭說：

「……我本來料定黑暗星雲會在昨天就取消召開七王會議的申請。因為我們雖然在領土戰爭中打輸，港區第三戰區的支配權被奪走，這都是事實，但並未給予任何可以指控白之團的根據……照理說是這樣。可是你們卻並未要求中止召開會議。這也就表示你們握有某種勝算……」

「要這樣想是你們的自由，但我不會說Yes也不會說No。」

楓子以平靜但堅毅的聲調回答。

「Milady，一旦黑之王Black Lotus與震盪宇宙開啟戰端，那麼不管發生什麼事，她都不會退縮，相信妳應該懂吧？她昨天可是冒著9級玩家一戰定生死的危險，參加了領土戰爭。無論有沒有勝算，黑之王都不會取消會議，而且對於接下來的戰鬥也不打算退縮。」

「……我想也是。黑暗星雲的覺悟有多堅定，我在領土戰爭就已經感受得太充分了……」

Rose Milady點點頭，將鏡頭眼朝向春雪。

「烏鴉同學，昨天你的表現非常漂亮。我可沒想到你會連自己的身體都讓同伴一起斬斷。」

「哪裡，這個，我們只是拚了命……」

春雪沒想到會在這個時候被稱讚，反射性地縮起脖子。

春雪在昨天的領土戰中，以多半不會再有第二次管用的奮不顧身戰法，打倒了護衛Orchid Oracle的Rose Milady。春雪佯裝要揮砍，遮住Milady的視野，然後讓背後的Trilead使出一擊必殺的心念攻擊「天叢雲（Heavenly Stratus）」，將春雪連著她一刀兩斷。Lead這一劍的威力是不用說了，若是沒有Lime Bell連致命損傷都能逆轉的「香櫞鐘聲（Citron Call）」，這種特攻打法也不會成立。

但春雪在激戰中隱約感覺到，若是Milady有這個意思，多半能將他瞬殺，根本不會讓他接近。

「……而且，我不認為我們真的贏了。我們三個人拚了命圍攻妳一個，但妳卻對自己的實力有所保留……雖然我不知道理由。」

春雪這麼一說，Milady就微微聳了聳長著棘刺的肩膀。

「你對Oracle似乎也這麼說了呢。可是你想太多了。你的認真，超越了我的認真……就只是這樣。」

Milady露出一瞬間的微笑，再度看向楓子。

「Raker，我之所以拜託天照，請她在會議開始前為我引見你們……說得正確點，是引見Silver Crow。不是為了說服你們退讓。我就只是……想得到確信。」

「確信……？你們不是知道一切，才跟隨白之王嗎？加速研究社過去做了些什麼，以後打算做什麼，我想你們應該遠比我們更清楚吧。」

「這我不否認。雖然七矮星與研究社是不同組織，但到頭來兩者都是由Ivory Tower指揮。」

聽到Milady這句話，春雪立刻覺得胸口深處尖銳地刺痛。

明明——又或者說，正因為——在昨天的領土戰爭中，展開了一場極限戰鬥，春雪一直覺得對於Rose Milady這個超頻連線者，無法像對Black Vise那樣憎恨。但她已經親口說出她知道白之團和加速研究社是表裡一體，也知道就是研究社散播ISS套件，還差點讓仁子點數全失，卻仍追隨白之王。想來七矮星的其他人……不，應該說整團團員都是如此。

他怎麼想都不認為有什麼道理可以把那麼深重的「惡」給正當化，也不想這麼認為。這是否表示，到頭來Rose Milady還是和Black Vise、Argon Array，以及Dusk Taker一樣，有著跟春雪他們水火不容的價值觀呢？

或許是注意到春雪無意識中握緊了雙拳，玫瑰貴婦默默轉動身體。她正對春雪，從高度幾乎完全一樣的雙眼，投來平靜的視線。

「……烏鴉同學，你會恨我們是當然的。無論現在費上多少唇舌，我都不認為能夠消解你的這些情緒。震盪宇宙有震盪宇宙戰鬥的理由，而這和黑暗星雲的理由絕對無法並存……」

「…………既然這樣！」

春雪拳頭握得更加用力，以壓抑的聲音呼喊：

「既然這樣，妳為什麼找我來這裡！在Highest Level，虛擬角色沒有實體，無論什麼樣的攻擊都沒有作用，而且也知道言語已經沒有辦法說動彼此……既然這樣，這次見面不就毫無意義嗎！」

春雪帶著點孩童啜泣似的聲調問出的問題，Milady並不立刻回答。

這時開口的，是難得保持沈默的梅丹佐。

「認為什麼樣的攻擊都沒有作用，這個認知可就錯了啊，僕人。」

「…………咦……？」

春雪沒料到會受到這樣的指正，一瞬間張大了嘴發呆。但等他聽到下一句話，這種虛脫也立刻轉為戰慄。

「在Highest Level沒有效用的，終究只限於對個體的干涉……只要知道方法，要干涉個體與個體的聯繫是有可能的。」

聯繫──也就是連結。

春雪倒抽一口氣，梅丹佐對他點點頭，然後面向Milady。

「叫Rose Milady的。Snow Fairy不會出現在這裡嗎？」

沒錯……在Milady現身的時間點上，他就應該第一個想到這個名字。昨天的領土戰爭初期，春雪與梅丹佐一起將精神轉移到Highest Level。當時出現的，就是七矮星中位列第二的Snow Fairy。她外觀是天真的少女型虛擬角色，動手卻毫不留情，試圖切斷春雪與梅丹佐的連結。從某種角度來說，這種攻擊比一觸即殺的心念「白色結局（Brinicle）」更可怕。

聽到梅丹佐的問題，Milady微微搖頭。

「不……我沒把這次接觸的事告訴Fairy，不，是沒告訴軍團中的任何人。只是Fairy不必借用Being的力量，也能轉移到Highest Level，所以突然出現在這裡的可能性也不是零。」

聽到這麼一番話，春雪也不得不急忙環顧四周。

但漆黑的宇宙中，只見由節點構成的銀河靜靜地閃爍，感覺不出在場四個人以外還有誰存在。他先輕輕呼氣，然後又發現不對勁。

「這個，梅丹佐……妳剛剛不是說過，過去從來沒有一個超頻連線者能憑自己的力量來到Highest Level嗎？可是Snow Fairy就……」

「僕人，我是說應該沒有。」

大天使先指出這點，然後加上解釋。

「而且，相信Snow Fairy，起初應該也得到了高階Being的幫助。雖然不知道是四聖中的誰，又或者是除此之外的人物。」

「咦……除了四聖以外，還有其他Being像妳們一樣會說話？」

「我反而要問你為何覺得沒有。」

梅丹佐說得傻眼，身旁的楓子幫忙提醒：

「鴉同學，至少禁城的四神就會說話。」

「啊，對……對喔……」

「不過我也不覺得四神會幫超頻連線者就是了。」

對此春雪完全同感，而且如果能和四神之中的任何一隻建立友好關係，就不再有必要以武力突破四方門了。

根據Graphite Edge的說法，設計無限制中立空間的管理者有兩人。一人期望永久封印最終神器The Fluctuaing Light，另一人則期盼加以解放。

企求封印的管理者Ａ，在ＴＦＬ四周創造出了超巨大迷宮，也就是禁城，並在禁城四周設置四隻超級公敵——也就是四神，讓他們把守城門。對此，企求解放ＴＦＬ的管理者Ｂ，則為了培育出有朝一日能夠攻略四神與禁城的超頻連線者，設計出了除此之外的一切——四聖與四大迷宮，以及低階公敵與商店，搞不好就連正規對戰與領土戰爭等BRAIN BURST的遊戲系統本身，都是由此人設計出來。

不，還不只是BRAIN BUEST。他還說分別於此前此後開始營運的兩款似是而非的祕密遊戲《Accel Assault 2038》與《Cosmos Corrupt 2040》，也很可能是由管理者B所設計。只要在這Highest Level內移動到夠高的地方，應該就可以看見構成世界的光點銀河有三重的結構。

既然知道管理者A與B這兩者相反的目的，那麼四神會絕對敵視超頻連線者，而理應同樣站在敵對立場的四聖，卻會像梅丹佐與天照這樣，試圖和超頻連線者之間建立情誼，或許也是很自然的情形。但春雪不想認為梅丹佐的行為，只是受到系統制約的結果。他想相信這位不稱自己為公敵，而是稱為Being的這位心高氣傲的大天使，有著和人類一樣的自由意志。

沒錯……總有一天，他要和梅丹佐，以及黑雪公主等軍團伙伴，一起正面攻破四神的防守，闖進禁城。為了達到這個目的，就得盡快結束與加速研究社的戰鬥。

梅丹佐似乎感覺到了春雪這個有些離題的決心，只見她輕飄飄地挪到春雪的左邊。她彷彿要他專心面對眼前的事情，手放到春雪肩上，以平靜的聲音說出聳動的話來：

「Snow Fairy不來，可真是遺憾。虧我本來還想說這次要把她給剝光呢。」

「剝……剝光……？」

「僕人，剛剛那只是一種譬喻。」

春雪搞得讓Being對自己講解起日語，先回答一句：「我……我知道啦。」然後深深呼氣。
他把Snow Fairy中途跑來的可能性先放在腦子裡，再度將視線轉到Rose Milady身上。
對於春雪幾十秒前的逼問，Milady以不變的鎮定嗓音回答：
「……烏鴉同學，我不是說過嗎？說我之所以找你來，不是為了說服你，而是我想得到確信。聽說你對小蘭……對Orchid Oracle說了。說害得Originator之一的『咲耶姬』Saffron Blossom點數全失的，就是白之王White Cosmos。」
「…………！」
深深倒抽一口氣的不只是春雪，楓子也是一樣。這個問題出乎春雪意料，但他把這些告訴過Oracle的一事的確是事實，所以事到如今再隱瞞消息也沒有意義。
「這個綽號我是第一次聽到……但讓Saffron點數全失的，就是白之王不會錯。先前我和『災禍之鎧』融合，成了第六代Chrome Disaster時，就看到了Saffron的搭檔Chrome Falcon的記憶。雖然實際上攻擊Saffron的是神獸級公敵『耶夢加得』(Jörmungandr)，但負責拘束的Black Vise、負責觀察的Argon Array，還有負責復活的White Cosmos這三個人，的確都在場。」
這件事春雪已經說過好幾次，但當時Falcon感受到的憤怒、絕望，以及悲傷，都鮮活地在心中復甦，讓他右手用力按住胸口正中央。他承受著痛苦，繼續說明：
「……雖然白之王的身影籠罩在不可思議的光芒裡，所以看不清楚……可是，讓她一再復活的必殺技名稱，我絕對不會忘記。『慈悲復活術（Resurrect By Compassion）』……相信妳應該知道這個必殺技吧？」

Rose Milady被春雪問到，好一會兒都不以言語或動作回應。

她無聲無息地舉起繞有玫瑰棘刺的右手，和春雪一樣按住胸口，深深低頭。

Milady就這麼又維持了十秒以上的沉默，才發出了失去潤澤感的沙啞嗓音。

「……我知道，還曾經被這一招復活過。看樣子是非相信……不可了吧。相信讓Saffron Blossom……讓我和小蘭的『上輩』點數全失的，就是加速研究社與白之王……」

「咦…………！」

春雪再度驚呼。

「Milady，妳也是Saffron的『下輩』……？」

「就算是也沒什麼不可思議的，鴉同學。」

輕聲回話的是楓子。她把臉湊到春雪的面罩旁，告知老玩家特有的知識。

「在加速世界的黎明期，ＢＢ程式的複製次數限制並不存在。只要找到符合超頻連線者條件的對象，要嘗試安裝多少次都行。根據我聽來的消息，也有Originator收了三十個以上的『下輩』。」

「三十個……」

有這麼多人，光是上下輩就可以組成大型軍團了。Milady看到春雪茫然的模樣，似乎找回了幾分鎮定，維持用雙臂抱著自己的姿勢，小聲說道：

「Saffron的下輩沒有這麼多。據我所知，包括我和小蘭在內，一共十一個人。雖然不知道是不是巧合，每個人都有著植物名稱的色名。大家的戰鬥力都不太高……在Saffron和Falcon離開後，我們也努力想靠自己成立『互助軍團』，但結果一塊領土都拿不下來，就這麼各奔東西……」

「和我初次見面的時候，妳已經是震盪宇宙的一員了吧，Milady？」

楓子用像是刻意壓抑感情的平靜口吻問起。

「其他十個人，也全都加入了白之王的庇護之下？」

玫瑰花瓣似的頭髮無力地左右搖動。

「沒有……被震盪宇宙收留的，只有我和小蘭。白之王說只要找到其他九個人，也會邀他們加入軍團，但我和小蘭每天到處去找各地的對戰名單，還是一個人都沒找到。而且雖然我不知道發生了什麼事，但就連小蘭，也是有一天就突然不見……」

春雪看著低頭的Milady，讓Oracle昨天所說的話在腦海中迴盪。

當時春雪問她說，妳為什麼點數全失，又是如何復活，而Oracle……若宮惠就說，只有這件事，我和Milady都不知道。

Milady以彷彿連全身棘刺都縮起似的模樣，繼續獨白：

「我失去了小蘭而絕望，白之王就答應了我。說她會解析BRAIN BURST本身，總有一天會讓小蘭，還有Saffron復活。我相信她這句話，一直拚命想變強。我在軍團裡的排名漸漸上升……還進了七矮星……不知不覺間，從那以來已經過了足足六年的時間。可是……可是昨天，小蘭真的回來了。當她出現在領土戰爭前的作戰會議上時，我的震驚和喜悅，你們一定都沒有辦法想像吧……」

的確，春雪不曾因為點數全失而失去有著堅定情誼的超頻連線者，當然也不曾經歷這樣的對象復活的情形。楓子與梅丹佐也都直立不動，保持沉默。

Rose Milady瞥了他們三人一眼後，鏡頭眼再度低垂，擠出細小的聲音說：

「雖然我不知道方法，但白之王遵守了承諾。她和加速研究社所做的事情並沒有錯。總有一天，她會像復活小蘭那樣，把Saffron Blossom也給復活……我是這麼相信的。可是……領土戰爭剛結束，小蘭就說了。說我們被騙了。說讓Saffron點數全失的就是白之王本身，所以她絕對不會讓Saffron復活。我……沒有辦法相信。畢竟之所以會在領土戰之中打輸，也是因為小蘭背叛，把空間恢復原樣……我以為她被黑暗星雲給怎麼了，難得重逢，卻對她說了很過分的話。」

「…………請問！」

春雪忍不住出聲問起。

「請問，Oracle她現在怎麼了？黑……黑之王說，從昨天就一直聯絡不上她……」

「我也一樣。小蘭沒參加領土戰爭後的檢討會。對戰名單上沒有她的名字，從Highest Level也找不到……她應該是從昨天就一直關掉全球網路連線吧。」

Milady回答得冷靜，但或許是反映出按捺不住的不安，語尾一瞬間有所顫抖。

「這也難怪，畢竟她被睽違六年的『姊姊』當成叛徒看待……如果可以，我也想暫時遠離加速世界……可是，我不能這麼天真。」

「這是因為，妳是七矮星中的第三把交椅嗎？」

「不是……是因為我是超頻連線者。」

Milady說出這句話的聲音裡，已經不再有動搖。

她挺直背桿，上半身後仰並深呼吸。白色光點描繪出的無數棘刺並非錯覺，而是真的微微變長變尖。

「——謝謝你，Silver Crow……Sky Raker，還有Being梅丹佐。我得到了想要的確信。讓Saffron Blossom點數全失的，就是我們的王White Cosmos。而她不會讓Saffron復活。」

這番話從某個角度聽來，也可以視為她和白之王以及白之團的訣別宣言。春雪忍不住踏上一步，對玫瑰貴婦問起：

「Milady，以後妳打算怎麼做？」

「我會為了Orchid Oracle，為了Saffron Blossom，做我該做的事。」

她簡短地回答完之後，右手按在胸口，優美地一鞠躬。

Rose Milady就維持這個姿勢，讓構成虛擬角色的粒子消散，就此從Highest Level消失。

持續了好一會兒的寂靜，是由梅丹佐最先打破。

「……還真的是有各式各樣的小戰士呢。」

「那當然了，因為超頻連線者足足有一千人嘛。」

春雪這麼說完，梅丹佐在他頭盔上輕輕一戳。

「Being的總數可遠遠不只這樣，僕人……不管怎麼說，如果這次接觸，讓Rose Milady的行動優先順位有了任何一點變動，答應天照的要求也就有意義了。」

「行動優先順位……？」

梅丹佐的說法還是一樣難以理解，讓春雪歪了歪頭，楓子就嘻嘻一笑，幫忙註釋：

「鴉同學，意思就是說，她對白之王那種盲目的忠誠，也許已經產生了變化。軍團團員對團長盡忠是理所當然，但如果自己不動腦筋想，摀住眼睛和耳朵，那就對雙方都沒有好處。」

「…………」

聽到這番意料之外的話，讓春雪忍不住盯著楓子的臉看。

「…………這對黑雪公主學姊也不例外……是嗎？」

「那當然。」

Sky Raker笑瞇瞇地露出充滿慈愛的笑容。

「我平常對小幸有多嘮叨，鴉同學應該也很清楚吧？」

「清……清楚。也是啦，是這樣沒錯。」

——說到這個，她在車上講到要多露一點之類的，那個也包括在內嗎？春雪正轉起這樣的念頭，結果……

梅丹佐挪到春雪正前方，以莊嚴的聲調說：

「僕人，你對我可得永遠不懷疑地聽話。」

楓子與春雪從Highest Level回到Mean Level，和梅丹佐交換了一會兒情報之後，走位於楓風庵前面的傳送門，回到了現實世界。

他在冷氣很涼的車內醒來，輕舒一口氣的同時，前座就飛來黑雪公主略顯尖銳的說話聲。

「那春雪，梅丹佐找你是有什麼事？」

「啊，是……是的……」

春雪抬頭一看，黑雪公主扭轉身體，從駕駛座與副駕駛座之間把上半身探了過來。雙頰微微鼓起，是黑雪公主的「心情不好規模」達到十階段之中從上數來第七段的跡象。他看了看虛擬桌面上的時鐘，確定連線只花了不到八秒，但車上的每個人都知道，這相當於無限制中立空間的兩小時。

春雪開口想把加速世界中發生的事情一五一十說出來，但由於發生了很多意料之外的事情，讓他腦袋整理不出個順序。眼看他像魚似的張嘴又閉嘴，駕駛座上的楓子就伸出了援手。

「由我來說明吧，小幸。」

由於實在不覺得梅丹佐和楓子處得好，在荒野空間裡看到Sky Raker現身的時候，春雪還戰慄地心想不知道事情會鬧得多大，但結果卻非常慶幸楓子跟來，讓他不得不感謝。

她提供楓風庵給梅丹佐當成避難所是不用說，和Rose Milady的談話中，楓子也發揮了緩衝的作用，而且最重要的是，她對黑雪公主等人說明起來，多半比春雪來說明要來得順暢且有要領好幾倍，在七王會議開始時間的下午一點前三分鐘，就全部說明完畢。

「…………真是嚇我一跳……」

黑雪公主說得語帶嘆息，把背靠到半凹背座椅上。

「……那個『暴躁鬼』Rose Milady，說了這樣的話……」

「可是，我有點可以體會……」

做出這句發言的，是在昨天的領土戰中，跟春雪與Trilead一起和Milady交手過的千百合。

「畢竟Milady她給人的感覺，比較不像是為了打贏黑暗星雲而戰，而是像在保護Oracle。

『上輩』是同一個人，也就表示她們兩個就像姊妹吧……而且，留在加速世界裡的就只剩她們兩人……」

「嗯……也對…………」

黑雪公主點點頭，像是要對千百合這句話補充些什麼似的，臉就要朝後座轉去，卻又轉回去面向前方。

「……離七王會議剩下兩分鐘。楓子、春雪，我只問一個問題……你們覺得和Rose Milady的接觸，會對會議產生什麼影響嗎？」

「不會。」

春雪反射性地回答完，才趕緊住口。朝駕駛座一看，楓子仍然面向前方。現在只剩下一點點時間，所以非得把說到一半的話好好說清楚不可。他花了一秒鐘整理好想法，再度開口：

「……這次白之團派來參加會議的，應該還是只有Ivory Tower一個。雖然有辦法在開會前聯絡，但我們當然沒把Choco的重播卡這件事告訴Milady……而且，Milady似乎也知道Black Vise的真面目就是Ivory。既然這樣，即使她從我們身上得到了什麼情報，我也實在不覺得她會積極幫助讓她的『上輩』點數全失的Ivory。」

「這麼說來……Milady也有可能離開震盪宇宙了？」

回答千百合這個問題的不是春雪，而是楓子。

「應該不會吧……至少，得要和Orchid Oracle一起才行。」

聽到這句話的同時，春雪的聽覺中響起了尖銳的電子聲。是他設定在開會時間一分鐘前的鬧鐘。

「……昨天，領土戰爭剛結束之後，我就懇求Oracle……懇求了惠，要她離開震盪宇宙，加入黑暗星雲。」

黑雪公主靜靜說出的獨白，讓楓子與千百合小小地倒抽一口氣。

「可是惠什麼都不回答，就只說了一句對不起，然後握住我的劍，刺穿了自己的胸部……之後就一直維持聯絡不上的狀況，但我不死心。」

剩下三十秒。

「只要在今天的會議上，揭露Ivory Tower的真面目以及他的惡行，五大軍團聯合討伐作戰就會開始。在這之前，我想讓Oracle……如果可以，還想讓Milady也離開震盪宇宙。大家……請你們幫我。」

對於軍團長的請求，楓子、千百合、志帆子，還有春雪，都不再用言語回答。他們不約而同伸出手，在主控台上牢牢交疊。

黑雪公主把自己的右手也疊上去，灌注了力道。

剩下五秒鐘。

五個人相視點頭，再度將背靠上椅背，閉上雙眼。

眼瞼下的黑暗中，火紅燃起了由火焰點綴成的系統訊息。

【A REGISTERED DUEL IS BEGINNING！】

3

再度來到的加速世界天空，染成了詭譎的黃綠色。

遠方的建築物群有著金屬光澤，卻又覆蓋著有機的褶瓣與突起；同樣金屬質感的地面上，則有介於生物與機械之間的小小蟲子喀吱作響地爬來爬去。是分類為黑暗系的「煉獄」空間。

「雖然不像『墓地』或『瘟疫』空間那麼嚴重，但實在很難說是適合開會的屬性呢……」

在春雪身旁做出這個評語的，是有著半光澤巧克力裝甲的千金小姐型虛擬角色Chocolat Puppeteer。聽到這與現實世界中的奈胡志帆子毫不相似的千金小姐口吻，不由得一瞬間僵住，然後才點點頭說：「說……說得也是。」

Chocolat說得沒錯，煉獄空間的地形機制，實際危害比其他黑暗系要少，但不快度相當高。一旦踏扁金屬蟲，體液就會把別的蟲吸引過來，爬得全身都是；偶爾還會有蚯蚓般的管子從地面伸出，噴出氣味令人不舒服的煙。

「不過也還好，慘的是對戰開啟者(starter)Cobalt姊和Mangan姊，我們只是觀眾……」

「啊，你竟然說這種話！等開完會，我要跟鈷錳姊妹打小報告！」

從背後丟來這句話的，是有著鮮豔黃綠色裝甲的小魔女虛擬角色Lime Bell。春雪趕緊轉身，雙手比了個大大的交叉。

「不……不要這樣！她會跑來挑戰然後讓我人頭落地！」

「不對，是Crow剛剛不該講那句話。」

「就是啊，鴉同學，對女生要更體貼點。」

Bell的背後出現了有著黑水晶半透明裝甲與四肢有著長刀的Black Lotus，以及體感時間上幾分鐘前才分開的Sky Raker。而她們也都分別附和。

楓子從裝備疾風推進器的狀態，再度回到白色連身洋裝與輪椅裝備，春雪想以自己一直感覺到的「加速世界裡女生才比較強吧」假設，試著對她提出反駁。事實上純色七王當中，就有紅、紫、黑、白都是女性，過了半數。

但春雪尚未開口……

「嗨————！」

一團紅色的事物，在喊叫聲中從旁撞了過來。這個先在春雪頸子上賞了一記交叉手刀才輕巧落地的，是有著紅寶石般緋紅色裝甲以及翡翠般鏡頭眼的少女型虛擬角色。

雙方都是觀眾，所以並未造成損傷，但春雪不由得內心嘀咕：「ＢＢ女性優勢學說果然沒錯嘛……」，一邊回話。

「嗨，Rain。昨天有睡好嗎？」

「喂，你回這是什麼話？我是小孩子嗎？」

紅之王Scarlet Rain用低沉有力的聲音耍狠，春雪正遲疑著是不是該回答說國小生就是小孩子，結果……

「OFC（當然）。小孩子要睡才會長大。」

深紅色的豹頭虛擬角色，從與Rain相同的方向，無聲無息地走過來，唐突丟下這麼一句諺語。她用右手抱起當場癱軟無力的紅之王，放到自己肩膀上。

「喂……喂，Pard，妳是故意把我當小孩子看待吧。」

Rain牢騷發到一半，又像是死了心似的全身放鬆，從Blood Leopard肩上低頭看著春雪等人。

「……重頭戲終於要上場啦。」

這句話加上了王該有的威嚴，回答她的則是另一個王。

「嗯。可是對我們而言，在禁城東門對上青龍、在東京中城大樓對上梅丹佐，在永恆女學院對上Black Vise與災禍之鎧MarkⅡ……還有在澀谷第二戰區對上長城，以及昨天對震盪宇宙那一戰，全都是重頭戲。而戰鬥也不會在今天的會議就結束……我們要做的，就只有和平常一樣全力以赴。大家拜託了。」

黑之王的視線在六個人臉上掃過一圈，最後看著Chocolat，說道：

「尤其Choco，今天妳的重播卡將會是決定成敗的關鍵。妳第一次參加七王會議，就讓妳背負重大的責任，但還請妳多幫忙。」

「好……好的，我明白。身為黑暗星雲的一員，我也會好好盡到我的職責。」

或許是因為極度緊張，讓她嗓音微微發顫，但Choco仍斬釘截鐵地這麼回答。黑雪公主也深深點頭，以右手劍的側面在Chocolat左臂上輕輕一拍，轉過身去。

他們七個人集合的地點，是在位於禁城北側，稱為「北之丸公園」的戰區西南部。

現實世界的皇居內苑，大致呈狹長的六邊形，但加速世界的禁城則經過整地，呈完美的正圓形。禁城外圍從北邊到東南，依序是北之丸公園、東御苑、皇居外苑，依照慣例，七王會議都是挑上這幾處召開。

這次藍之團的「雙劍」Cobalt Blade與Mangan Blade所選的北之丸公園南部，存在著許多美術館或博物館等適合用來開會的地點，但告知對戰者位置的導向游標，則指向公園北部。在籠罩著濃霧的空間中行進了一會兒，前方就出現了一棟輪廓異樣的建築物。

建築物有著尖銳而大幅外擴的八角形屋頂，頂端設有洋蔥形的物件，有著像是巨大生物的蛹會有的紋路與節理。牆上伸出無數根凶煞的棘刺，寬扁的入口怎麼看都像是長了利牙的嘴。

「……那個，是日本武道館……吧？」

千百合停下腳步，仰望著洋蔥這麼說。

「好巧……不對，說不定不是巧合……」

「喂喂，這可聳動了。妳這話的意思，不就是說博士的現實身分被藍之團（獅子座流星雨）查出來了嗎？」

「還好啦，我想是不至於。」

千百合這麼回答，視線瞥向春雪。

博士——也就是黛拓武，現在正參加東京都國中夏季劍道大賽。會場就是現在聳立在他們六個人眼前的日本武道館。千百合說「好巧」理由就在於此。由於他們早已得知七王會議會在皇居外圍舉辦，本來是很想等開完會，就去幫拓武加油，但身為飼育委員長，照顧小咕的工作一天都不能休息。所以春雪才把連他的份一起加油的重要任務，託付給了千百合。

拓武在團體戰與個人戰都會出賽，所以除非第一回合就敗退，否則在七王會議結束後，應該還有比賽要打。現在午休時間應該已經差不多要結束，要開始下午的比賽了。

拓武說只要能在今天的大賽裡，團體戰打進前六名——前四名加上敗部復活賽的兩個名額，在個人賽打進前四名，就能夠參加八月中旬同樣在武道館舉辦的關東大賽。對於在都大賽分組預賽中，只勉強擠進前八強的梅鄉國中男子劍道社來說，多半是一道窄門，但拓武從今年一月轉學以來，日積月累付出了多少努力，春雪也非常清楚。

——阿拓，你可要加油啊。

春雪先在心中對在現實世界的武道館奮戰的好友說了這句話，然後回答千百合：

「我的現實身分的確已經被鈷錳姊妹知道，但對方也是一樣……我想她們應該不至於做出特地去查出Pile的現實身分，然後把會場選在比賽場地的這種事情。而且就算做這種事情，也沒有意義……」

「這說得也是。」

黑雪公主點點頭，右手劍往旁一攤。

「千代田戰區並沒有進一步細分，所以如果想和Pile打，不必特地來到武道館，從戰區裡的任何一個地方都可以挑戰。我看多半就像Bell說的那樣是巧合，又或者即使有理由，也和Pile無關吧……好了，我們差不多該進去了。」

「好耶，終於要來了！」

仁子右拳打在左掌上，楓子、Pard小姐、千百合、春雪也都不約而同點點頭。

他們走著寬闊的樓梯上去，通過長了牙齒的入口。在昏暗的通道中前進，很快就來到寬廣的大道場（競技場）。在現實世界中，多半正有一群劍士們，在清新的木頭地板上較勁，但在加速世界的煉獄空間裡，地板上刻了扭來扭去的噁心褶瓣，圍繞八方的觀眾席就像某種昆蟲的巢穴。

春雪走在前面，踏入煙霧瀰漫的競技場，這一瞬間。

「太慢了！」

立刻聽見一聲剛烈的喝叱聲，讓他反射性地縮起了脖子。

呼喝的人，是一對在春雪等人所通過的入口右側占穩了位子的二人組之一。

一個身材修長的女性型虛擬角色，戴著帽沿很長的軍帽，腰後裝備著圈起的鞭子。在她身旁坐在圓筒狀椅子上的，則是有著鮮豔紫色裝甲，持用長大錫杖的女王型虛擬角色。是紫之團「極光環帶」的副團長Aster Vine與紫之王Purple Thorn。

Aster Vine以尖銳的左手食指瞄準了春雪，再度發出喝叱聲：

「從對戰開始算起，已經過了三分鐘以上！召集這場會議的你們，卻慢吞吞地最後才到場，這是怎麼回事！」

聽她這麼一說，迅速往四周看去，發現和屋頂一樣呈八邊形的競技場裡，除了Vine她們以外，還另有四個小集團，以相等間隔圍坐在四周。

綠之王Green Grandee與幹部集團「六層裝甲（Six Armor）」第三席Iron Pound，第五席Suntan Chafer。

黃之王Yellow Radio，與一位名字聽說叫作Lemon Pierrette的踩球少女型虛擬角色。

藍之王Blue Knight，以及這場會議的對戰開始者「雙劍」Cobalt Blade、Mangan Blade。

再來就是孤身一人靜靜坐在春雪等人正對面，身披象牙色衣物的魔導士風貌虛擬角色——白之王的全權代理人Ivory Tower。

「果然若無其事地出面了啊……」

黑雪公主對Aster Vine的指責只當耳邊風，低聲說了這句話。改由讓輪椅前進到春雪右側的楓子，微微拉起了寬邊圓盤帽表示歉意。

「Vine，遲到這件事我們道歉。可是，我們的出現位置是在北之丸公園的南端，移動上花了點時間。」

「那你們不會用跑的嗎！」

Vine雙手扠腰，以更像女性教師而非軍人的風貌反駁。

仔細想想，創造出正規對戰空間來作為會場的，是鈷錳姊妹，而春雪等人是觀眾，照理說應該可以出現在看得見她們姊妹的地方。為什麼會在那麼遠的地方出現呢？正當他歪著頭想到這裡……

「Vine，別這麼生氣，是我們把大家分散配置了。」

「我們想說可能也有軍團想事先商量好。」

Cobalt Blade與Mangan Blade，從競技場東側接連說話。

所謂「觀眾分散配置設定」，就和「觀眾不可接近設定」一樣，是有關對戰開始情形的選項，讓觀眾不是直接出現在對戰者附近，而是從有一段距離的地方出現。通常這是用來防止被人看到出現的瞬間而暴露現實身分，或是想在觀眾聚集前就先轉移戰場時使用，但反正只要戰鬥一開始，觀眾都會自動追蹤（瞬間移動），所以幾乎沒有人會打開這項設定。

但七王會議的情形下，兩名對戰開始者不會開打，也就不會發動自動追蹤功能，被分散配置的觀眾就得花上幾分鐘移動。而春雪等人也的確用了這些時間，才得以商量各種事情，讓春雪佩服地想著，鈷錳姊妹的設想真是Nice，然而……

「雙劍，妳們用不著這麼費心。有什麼事情要商量，當然該在會議開始前就商量好。Raker，你們下次可要注意！」

Aster Vine的態度絲毫不改，但她對從以前就是好對手的Sky Raker說了個夠，似乎也就心滿意足，最後「哼」了一聲，回到紫之王背後侍立。

春雪朝視野上方瞥了一眼，剩下的時間已經不到二十五分鐘。擔任主持人的藍之王似乎也覺得時候差不多了，站起身來弄得重裝甲喀啷作響。他將視線朝向Cobalt Blade，Cobalt就點點頭，開啟系統選單，多半是在捲動觀眾名單。

「……十八名參加者全員到齊，沒有未經核可的觀眾入侵。」

「好，那就開始吧。」

藍之王一如往常，以毫不矯飾的口吻，宣告會議開始。同時黑雪公主也站到春雪與楓子身前，以優美的姿勢，在雙劍斬斷競技場柱子而成的圓椅坐下。

椅子一共備有七張，黑雪公主所坐的正北方椅子，以及藍之王所坐的正東方椅子之間，還空著一張椅子。這當然是為紅之王準備，但仁子站在黑雪公主的左後方，雙手抱在胸前，表示自己不坐椅子。

黑暗星雲與日珥合併一事，只要在在領土戰時間，進攻杉並戰區或練馬戰區，就會顯示在系統上，所以擁有高度情報收集能力的諸王應該早已得知。說得精確一點，現在還處在三十天的合併緩衝期，暫定軍團長由Black Lotus擔任，暫定副軍團長由Scarlet Rain擔任，而暫定軍團名稱稱則沿用黑暗星雲，但兩軍團已經聯手的這件事，看在誰眼裡都是再明白不過。

即使看到仁子所站的位置，Blue Knight與Purple Thorn仍然什麼話都不說。今天的議題是加速研究社的對應方針，所以諸王對於紅與黑的合併，多半也不打算提及……就在春雪想到這裡的時候。

「進入正題之前，可以問個問題嗎？」

這個口氣明明正經，卻有著嘲笑聲調的高尖嗓音，迴盪在競技場內。慢慢站起的，是坐在競技場東南側——盤據在紫之王與Ivory Tower之間的鮮豔黃色虛擬角色。

如果把頭上所戴的雙尖小丑帽算在內，他的身高足以和藍之王匹敵，但四肢和軀幹卻與Rose Milady差不多細，而且還採取彎腰姿勢，所以外觀上的威壓感比較薄弱。但從他那誇張的小丑身影，卻散發出不遜於其他諸王的資料壓，讓春雪陷入一種裝甲底下的虛擬人體都在冒汗的錯覺。

「馬上就來找碴啦……」

身旁的楓子輕聲說起，主持人藍之王也以有點嫌麻煩似的聲音回答：

「是無所謂，不過麻煩長話短說啊。」

「當然，當然，我三分鐘就說完。」

黃之王Yellow Radio以人偶似的僵硬動作點點頭，以仍然隱含竊笑的嗓音說下去：

「我就只是想弄清楚一個小小的問題。對那邊那位淡紅色的小不點，以後我們該怎麼稱呼呢？」

黃之王背後的踩球少女，複誦他的語尾：

「怎～麼稱～呼呢！」

「……Radio，你問這個到底是什麼意思？」

對於藍之王狐疑問起的問題，Radio攤開細長的雙手說：

「那邊那位小不點，本來就不是純色……不是『Red』吧？再加上，如今她甚至已經不是軍團長了吧？我們今後也非得繼續稱這樣的人為『紅之王』不可嗎……？」

「不～可嗎～？」

「你說什麼！」

喊出這句話的，不是被指名的仁子，也不是她的副手Leopard，而是一直到剛才都還被黃之王的資料壓震懾住的春雪。一聽到Radio這句話，他就一股氣直衝腦門，忍不住衝了出去。

緊接著，不只是黃之王，藍之王、綠之王、紫之王與Ivory Tower的視線，也都集中到他身上。但憤慨蓋過這樣的壓力，春雪以更大的音量反駁：

「紅之王同意合併軍團，可是為了和加速研究社一決雌雄！你當初為了『災禍之鎧』，被研究社要得團團轉，還好意思對幫你擦屁股的Rain用這種口氣說話！」

6級的春雪與黃之王之間，身為超頻連線者的實力多半有如天壤之別，但或許是因為春雪的話太直來直往，黃之王也大感掃興似的上身後拉。

「……受不了，真是個沒禮貌的小鬼頭……我可沒提『鎧甲』呢，只是單純懷疑不再是軍團長的人，還有沒有資格當『王』……」

「真要說起來，沒為加速世界盡任何心力的你才……！」

春雪正要繼續呼喊，黑雪公主就輕輕將右手劍舉到他右前方。身旁的仁子也以摻雜苦笑的視線表示「差不多該收手啦」。

軍團長與副團長都阻止了，春雪也不能再嚷嚷下去，閉上嘴退後了幾步。緊接著就湧起一股覺得自己做得太過火的自覺，銀色面罩下冷汗直流。

「烏……烏鴉同學好厲害……」

在身後輕聲說出這句話的，是緊緊黏在千百合身上的志帆子。春雪全身僵硬，連回頭都辦不到，改由千百合拿他沒轍似的說了：

「Crow有時候就是會不顧一切地暴衝。反倒對自己的事情，他就一點也不會開到這個開關。」

「啊～……總覺得，很像烏鴉同學會有的作風。」

春雪正心不在焉地聽著她們兩人這番對話，就聽到前方的黑雪公主鎮定地發話：

「Radio，『王』這種稱呼，本來就是自然發生的吧？這沒有嚴謹的定義，所以想繼續稱Rain為紅之王的人儘管繼續叫，如果你不想叫，也隨你高興。當然我是一點也不打算改變稱呼就是了。」

接著當事人仁子也以一貫的口氣說出評語：

「坦白說，我也覺得稱呼根本不重要。何況在不遠的將來，多半又會跑出新的9級玩家，而這個人屬於你所謂純色的可能性幾乎是零吧？每次有這種情形，就要一一議論要不要稱這人為王，怎麼想都覺得很蠢。」

「可……可是呢……」

Radio似乎沒料到黑雪公主與仁子的反應會如此冷淡，有點勉強地反駁：

「我們『純色七王』，多年來為了保護加速世界而盡心盡力，這可是事實啊。你們不也就是因為肯定這七王會議的權威，今天才會召集我們過來嗎？你們沒和任何人商量，就毀了這個架構，卻說隨我便，這說法會不會過分了點？」

「過～分了點～！」

仁子先朝複誦Radio語尾的Lemon Pierrette瞥了一眼，然後輕輕聳了聳肩膀。

「我倒想問你，你要爭的是我不再當軍團長，還是黑暗星雲跟日珥合併？麻煩你先把這個說清楚再來找碴。」

「這……當然是全都包括在內呀。妳既然也要自稱紅之王，就該有點配得上這個地位的自尊……」

「啊啊夠了，早就超過三分鐘了吧！」

黑雪公主不讓黃之王說完台詞，倏地起身。

她右手劍穩穩指向Radio，讓凜然的話聲響徹廣大的競技場。

「再扯下去太麻煩，我就明明白白說出來！Radio，你不爽的不是Rain不當軍團長，而是我們團和日珥合併……嚴格說來，是不爽日珥合併的對象不是宇宙祕境馬戲團吧！」

「咦？」

就在春雪發出這聲狀況外驚呼的同時，Yellow Radio也以格外高尖銳的嗓音嚷嚷起來：

「妳……妳說這是什麼鬼話？妳有什麼根據，敢說出我覬覦日珥領土這種妄言……」

「不對——！你要的不是領土，而是Rain個人！Yellow Radio，你從以前就對SS尺寸又外型線條圓潤的女性型虛擬角色沒有抵抗力……想也知道你是打算乘著這次的混亂暗中策劃，伺機併吞日珥，將Rain納為己有！」

聽到黑雪公主的指謫，武道館競技場內的寂靜便持續了三秒以上。

「……真……真的假的……」

仁子第一個低聲驚呼。

「這可實在讓人退避三舍……」

Aster Vine也沉吟起來，

「…………是～這樣嗎～？」

連完完全全屬於「ＳＳ尺寸女性型虛擬角色」的Lemon Pierrette，也連人帶球慢慢遠離，讓黃之王「輻射幻惑（Radio Active Disturber）」做出了令人意想不到的舉動。

突然聽見「啵！」的一聲響，冒出五彩繽紛的煙霧，籠罩住Radio全身。煙霧雖然立刻散去，但這時椅子上已經空了。藍之王慢慢搖了搖頭，而在即使面臨這種狀況仍貫徹不發一語態度的綠之王背後，Iron Pound與Suntan Chafer都茫然地喃喃交談起來。

「明明是觀眾，為什麼可以動用特殊能力……」

「該不會是心念……？」

「不不不，心念也沒辦法動用吧……」

為這個多半沒有任何人預料到的局面打上句號的，是先前一直保持沉默的紫之王Purple Thorn。

「真是的，管他Radio是不是戀童癖，根本就不重要。何況我和Aster也絕對不在他的守備範圍內。」

「……那我怎麼辦啦……」

Thorn無視仁子這句話，繼續說下去：

「反正他一定躲在附近偷聽，而且要是有什麼話想說，又會若無其事跑出來，我們就別管他，進入正題吧，已經剩下不到二十分鐘了。」

「嗯，說得也是。」

Blue Knight點點頭，像要轉換議場氣氛似的，用神器「The Impulse」的劍鞘尾端，在金屬地板上撞出高亢的聲響。

「那麼，就請Lotus報告昨天領土戰爭時間內進行的作戰概要。」

黑雪公主被指名，站著點了點頭：

「了解。只是話說回來，說起來單純得很……上次的會議上，我們提議了一項作戰，就是一旦揭曉加速研究社的據點戰區，七大軍團就要立刻傾全力進攻，也得到了與會諸位的核准。於是我們就在昨天，對長久以來一直認為是加速研究社據點的某個戰區展開了攻擊。只要這個戰區的支配權，也就是『對戰名單遮蔽權』被我們剝奪之後，立刻查看名單，其中出現加速研究社的成員，就打算以此作為證據，證明該戰區就是研究社的據點。當然了，檢查名單的工作，必須由除了我們以外，又足以讓大家信服的第三者來進行。於是我們就委託獅子座流星雨的雙劍，來擔任這個工作。」

與會者聽了黑之王的說明，將視線集中到侍立在藍之王背後的Cobalt Blade與Mangan Blade身上。

「那……結果怎麼樣？」

Purple Thorn等得不耐煩似的催問，黑雪公主默默對兩姊妹點了點頭。馬尾造型的Mangan Blade踏上前去，走到藍之王的斜前方。

「我們在黑暗星雲取得領土戰爭的勝利後，立刻查看了對戰名單。」

明明已經知道結果，春雪仍下意識停住了呼吸。一陣寂靜之中，Mangan Blade以冷靜的聲調說出了事實。

「名單上，並不存在已經確定是加速研究社成員的超頻連線者名稱。」

她一說完，就聽到右側傳來「唉……」一聲深深的嘆息。但春雪尚未將視線轉過去，紫之王就尖聲發話：

「怎麼，這麼說來作戰是完全失敗了？所以你們特地把我們叫到這種地方來，就是為了報告這種事情？」

她舉起右手的神器「The Tempest」，使勁往地上一碰。尖銳的金屬聲響中，小小的火花在地面跳動。

春雪一邊在在感受到Purple Thorn的憤怒說不定是出於失望，一邊凝視著獨自坐在正對面椅子上的Ivory Tower。這個虛擬角色人如其名，形狀有如一座白塔，而他即使聽到作戰失敗的報告，也仍然靜止不動。像是紋路圖案的面罩上，完全不透出放心或不安的表情。

紫之王也把視線轉到了Ivory身上，再度發言：

「而且Lotus，妳剛才還故意只說什麼『某個戰區』，但只要看看領土地圖，妳攻打了哪裡根本一目了然。短短一天的領土戰裡，澀谷第一、第二，還有港區第三戰區，都成了黑暗星雲的領土，所以真正的目標，就是從杉並算去最遠的港區第三戰區……這不也就是說，妳確信震盪宇宙就是加速研究社的母體嗎？既然這樣，妳就當場說個明白，好好審問那邊那個全權代理人不就好了？」

黑雪公主聽了，摻雜著苦笑回答：

「如果審問就能讓他乖乖招認，我從一開始就這麼做了。就是因為只憑我的確信還不夠，我們才會為了得到確切證據，去請求長城協助，還請獅子座流星雨派了監察員。可是，這個作戰失敗了。說得更精確一點，是這個作戰事前就被對方查知……我就承認吧，承認在情報戰這方面，我們從一開始就敗給了震盪宇宙。」

聽到這句話——

Ivory Tower第一次有了動作。

他從象牙色的長袍下伸出雙手，掌心朝上，一個流暢但完全沒有特徵的嗓音，流遍了競技場。

「妳這麼說可就太冤枉人了。是黑暗星雲與日珥的聯軍突然進攻我們的領土，我們拚了命應付，但力有未逮而落敗。要是我們事先就知道你們會進攻，應該可以再加強防禦的兵力。」

「包括你在內，『七矮星』裡面有多達四個人在場，我可一點都不覺得你們防守的兵力薄弱。」

聽黑雪公主指出這點，白衣魔導士只輕輕聳了聳肩膀。反倒是Purple Thorn說了聲：「是喔……」

「所以足足有四個小矮人在，你們還打贏了？真想知道詳細過程是怎麼回事呢。」

「要說也行，但我想妳不會相信。」

聽到黑雪公主的回答，春雪也在內心深深點頭。有人以特殊心念將領土戰爭空間，轉移到無限制中立空間，而且還是地獄屬性，有一群邪神級公敵在裡頭肆虐。如果只是聽別人說起，春雪自己多半也是絕對不會相信。

然而，Ivory Tower彷彿什麼話都不想再讓黑雪公主說下去，再度發言：

「無論七矮星裡有幾個人在，結果就是你們的攻擊態勢超越了我方的防守態勢，就只是這樣。我們震盪宇宙，重要據點港區第三戰區現在已經被黑暗星雲奪取，導致全體團員不方便連上全球網路，蒙受重大的不便。而且，說來當然，對戰名單上沒有任何一個研究社的成員。這次的領土進攻，全憑沒有根據的先入為主，就認為我們是加速研究社母體，顯然違反了互不侵犯條約。站在震盪宇宙的立場，我們要求黑暗星雲立刻歸還領土，並做出應有的賠償。」

Ivory Tower——也就是「拘束者」Black Vise這番厚顏無恥的說法，讓春雪再度感覺到虛擬人體中流動的虛擬血液熱了起來。若非知道己方有著「王牌」，也許他已經又像先前那樣衝了出去。

春雪握住雙拳忍耐，黑雪公主則在他前方，始終神定氣閒地說道：

「Ivory Tower，我話先說在前面，我們本來就沒參加你所謂的互不侵犯條約。何況事實就是獅子座流星雨和長城幾乎每週都來攻打我們的領土。」

「那不過就是用來鍛鍊中階以下玩家的餘興節目嗎？事實上，黑暗星雲至今應該從未丟失過杉並戰區。」

Ivory立刻反駁，以藏在細小縫隙間的鏡頭眼，往眾人身上掃過一圈。

「但這次的進攻，可就不能只當餘興節目。如果黑之團不肯歸還領土並賠償，而其他軍團也默認，我們就會視為這是毀棄互不侵犯條約，這樣各位同意嗎？」

「哦……你的意思是說，你們會跑來攻打領土和你們相鄰的極光環帶(我們團)了？」

紫之王問得挑釁，魔導士回以殷勤的一鞠躬。

「如果『紫電后（Empress Voltage）』有這個意思，我們自當奉陪。」

「你這小子……只不過是個代理，小心你的口氣！」

Aster Vine立刻喝叱，但Ivory毫無動搖的跡象。以前春雪不明白他為何會有這種深不可測的老神在在，以及足以匹敵諸王的資料壓，但既然知道他的真面目，也就覺得理所當然。Black Vise是從BRAIN BURST的黎明期……從純色七王崛起之前的Originator時代就一直暗中活躍至今，乃是最老資格的巨惡之一。

而讓這逐漸緊繃的氣氛微微鬆弛下來的，仍是藍之王的一句話。

「Ivory Tower，你也先別這麼急著做出結論。」

他雙手一攤，帶響一身重裝甲，說了下去：

「Lotus不是才報告到一半嗎？要談歸還還是賠償之類的問題，就等聽完報告再來討論不就好了嗎？」

「既然藍之王這麼說。只是我倒認為既然這所謂的作戰完全搞錯了對象，結論其實早就確定了。」

Ivory神態自若地說到這裡，無聲地重新坐回椅子上。在Blue Knight的示意之下，黑雪公主以浮遊移動上前。

終於要來了。

春雪很想回過頭去，為志帆子加油打氣，但仍拚命忍住。在將王牌朝Ivory Tower打出去之前，他不應該做出任何會被對方猜到王牌所在的舉動。

但他仍然慢慢往志帆子身上挪近五公釐，試圖傳達無論發生什麼事情都會保護她的心意，同時聚精會神，不漏聽黑雪公主所說的一字一句。

「沒錯……我們從領土戰爭開始的好幾個小時前，就已經先輸在情報戰了……」

她這句話所指的，肯定就是說昨天放學後，突然恢復了超頻連線者記憶的若宮惠。但黑雪公主始終冷靜地說明下去：

「我們被瞬息萬變的狀況搞得落花流水，但仍拚了命持續奮戰。結果總算驚險地贏得領土戰爭的勝利，實質上卻輸了……因為雙劍幫忙檢查的對戰名單上，並沒有研究社成員的名字。可是啊……可是，Ivory Tower，指揮防守團隊的你，卻有了一個極為微小但重要到了極點的疏忽。不過要在那種狀況下，發現一個小小的紅色光點，我也辦不到就是了。」

「疏忽……？紅色光點，是指？」

Ivory Tower明明應該看出黑之王的話已經接近核心，態度卻仍然沒有絲毫改變。他有如一座小小的白塔穩穩座鎮在原地，要求她繼續說明。

黑雪公主凝視了這樣的Ivory一秒鐘左右，然後以右腳劍為軸，轉身朝背後打了個手勢。

鏗一聲堅硬的腳步聲響起，巧克力色的高跟鞋踏在金屬地板上，Chocolat Puppeteer從春雪與Leopard之間穿過，走上前來。

Chocolat——奈胡志帆子，想來多半是在場眾人中等級最低的一個，外表上卻不顯出任何退縮，站到黑雪公主身旁後，右手往外伸，優美地彎腰行了個禮。

「各位幸會，我是黑暗星雲所屬的Chocolat Puppeteer。」

她以宏亮的聲音報上名字，然後身體向左轉，看向藍之團的三人。

「我想請求兩位對戰開始者，請將我變更為對戰者。」

她話一出口，競技場內響起了一陣小小的交頭接耳聲。

在正規對戰場地上，要將觀眾轉變為對戰者，有兩個方法。一是變更為亂鬥模式，需要所有觀眾同意；二是在對戰結束後，勝者（若是平手則由任一方）繼續挑戰其中一名觀眾的「連續對戰」。兩者實際上都不太有人用到，但連續對戰的情形下，會顯示出勝利場數，所以偶爾也會有想挑戰「連勝n人」的強者使用。另外，也有只讓對戰者邀請的觀眾參加的限定亂鬥模式，但消耗點數和對戰時間等等的限制很多，若非有重大理由，並不會有人採用。

在這七王會議上，當然不可能變更為亂鬥模式，所以手段只剩連續對戰這麼一種。雙劍突然收到這樣的要求，一瞬間對看一眼，然後由姊姊Cobalt Blade詢問Chocolat的真意。

「妳的意思，應該不是想跟我們打吧？」

「不……不是的，當然不是。我必須拿一樣東西給各位看，但觀眾可沒有這個權限。」

志帆子第一次參加七王會議，仍堅持千金小姐口吻，膽識確實了不起。Cobalt兩姊妹似乎也中意她的膽識──雖然不確定是否如此──又對看一眼後，迅速操作系統選單。

緊接著春雪的視野中就燃燒起平手的火焰文字。即使變成平手，剩下不到十五分鐘的倒數讀秒也並未停止，但Cobalt繼續動著手指，當新的對戰者Chocolat Puppeteer的名字顯示在畫面右上角後，倒數讀秒立刻恢復到一千八百秒。

這樣一來，志帆子就在名實兩方面，都成了這場會議的主角。集四個王──不，黃之王已經躲起來，所以剩下三個王──以及諸王左右手的視線於一身，壓力想必極其沉重，但志帆子只深呼吸一口氣，一直挺直腰桿。

「Chocolat Puppeteer，現在如妳所願，妳已經成了對戰者……相信妳拿出來的東西，不會讓我額外多花的這一點白費吧？」

志帆子點頭回應Mangan Blade這句話，操作系統選單。

她拿出的是一張小小的卡片，顏色是深灰色。

春雪比先前質問黃之王時緊張好幾倍，凝視著志帆子的舉措。楓子在他右側以極小的音量說：

「鴉同學，要看的不是Choco，是Ivory。」

的確。他們已經知道志帆子接下來要做什麼事情，所以該觀察的是Ivory Tower的反應。他也是觀眾，所以應該無法妨礙，但沒有人知道這個人會做出什麼樣的事情來。

春雪一直盯著坐在椅子上不動的Ivory，視角的左端捕捉到志帆子高高舉起灰色的卡片。

「……昨天領土戰尾聲，我就把過程拍進了這張重播卡之中。我想各位應該都知道，BRAIN BURST的重播影片，不可能進行任何剪輯或竄改。這裡頭所拍到的畫面，全都是當時發生在我們眼前的事情。」

志帆子宣告完，食指在卡片正中央一點。

卡片上浮現出發出深紅色光芒的三角形標記，朝上投射出圓椎狀的光。這道幾乎達到武道館天花板的光之中，有著某種巨大的物體蠢蠢欲動。

當影像轉為鮮明的瞬間，競技場內響起了無數的交頭接耳聲。

畫面上拍到的，是雙眼燃燒著熾熱火焰，長著螺旋狀彎角的巨人。巨人的頭上，顯示著多達四條體力計量表。

「領……領土戰爭裡出現公敵？」

喊出這句話的是Cobalt，還是Mangan呢？接著又聽到Iron Pound粗豪的嗓音：

「而且那可是邪神級……竟然是地獄空間……！」

春雪將差點被畫面吸過去的視線，拚命維持在競技場的南側。但Ivory仍然沒有動作。

和他白塔般的身影一模一樣的虛擬角色，也在畫面中出現了。站在巨大邪神級公敵左肩上的，只可能是這位白之王的全權代理人，「七矮星」當中排名第四的Ivory Tower。

「等等……這是怎麼回事！」

終於連紫之王也發出了尖銳的喝問聲。

「你們馴服了邪神級公敵，投入領土戰爭？這種事情是怎麼……」

「慢著，Thorn，現在先看影片。」

就在藍之王插話時。

重播影片的畫面外，迸發出嘔血般的招式名稱喊聲。

「——『流血砲擊（Bloodshed Canon）』！」

獸化的Blood Leopard化為一顆發出深紅色光芒的砲彈，朝站在邪神肩上的Ivory Tower衝去。

即使只看影片，都能深深感受到這奮不顧身的必殺技當中蘊含了多麼沛然莫之能禦的攻擊力。

Leopard這衝鋒攻擊一旦撞個正著，免不了當場斃命。而Ivory左手隨手一伸。

覆蓋象牙色裝甲的細長手臂，變成渾濁的黑色。同時他唸出了新的招式名稱。

「『積層裝甲（Layered Armor）』。」

Ivory的左手變化為多達十片薄板，排列在化為砲彈的Leopard前進軌道上。巨大的硬質破裂聲響接連響起，七八片薄板被撞得粉碎，但Leopard的衝鋒也就此停住。

Leopard力盡下墜，另一頭的Ivory Tower，也漸漸變為另一個模樣。

全身染上黑夜般的消光黑，切成無數薄板，就像散熱片似的維持細小間隔排列。頭部也是薄板的集合體，並不存在其他對戰虛擬角色會有的鏡頭眼。

從他沒有五官的臉上，發出了聲質與口吻都和Ivory Tower完全不同的聲音。

「真受不了，虧我不惜被牽連到『白色結局』裡陪葬，也想瞞過你們的耶。」

聽到這番說得悠哉的台詞，從畫面左側站起的黑之王Black Lotus回以剛烈的喝叱：

「你這傢伙……Black Vise！真沒想到Ivory Tower的真身竟然會是你啊……！」

這個時候，這場會議開始以來，最大的交頭接耳聲浪瀰漫了會場。無論紫之王還是藍之王，甚至連綠之王Green Grandee，都從椅子上站起。現在還坐著的，就只有終於被揭開真面目的Ivory Tower一個人。

畫面上，Black Vise若無其事地聳聳肩膀。

「哎呀呀，妳為什麼這麼認為呢？情形明明也可能是相反。」

「不對，沒有可能。因為你這個『Black Vise』的虛擬角色名稱，從來不曾以系統提供的方式顯示過。這個名稱終究只是你的自稱！」

「原來如此，原來如此。所以妳是不能接受有人跟妳的黑色撞色是吧？這可失禮了。」

漆黑的積層虛擬腳色老神在在地呵呵低笑，說出了決定性的一句話。

「不過怎麼說呢？既然都弄成這樣，黑之王，我們似乎也只好請妳退出加速世界了。至於空出來的黑色色名，就由我心懷感激地收下吧。」

畫面就在這裡定格。是舉起重播卡的志帆子按了暫停。

「直到開始錄這段影片前幾秒，我都保持著點數全失的心理準備。」

聽到這句話，諸王及其左右手的視線，都聚集在這位嬌小的千金小姐虛擬角色身上。

「……可是，我的……重要的朋友，說絕對會保護我。所以我也想到，至少要做一件我做得到的事情，所以錄下了這段重播畫面——Ivory Tower。」

志帆子緊緊握住卡片，叫了Ivory一聲。

「你現在應該正在想，為什麼你會沒注意到卡片的光吧？畢竟錄影過程中，都會有圓形符號發出深紅色的光嘛。可是這些光，混在了說會保護我們的朋友所發出的心念過剩光（OverRay）之中。就是你認為不值一提的中等級玩家所發出的心念之光，照得你的眼睛看不清楚……」

春雪心想，志帆子所說的朋友，會是由留木結芽（Plum Flipper），還是三登聖實（Mint Mitten），但隨即猜到並不是這兩人。志帆子所說的「我們」，指的是Petit Paquet組的三個人。所以，試圖保護她們三人的，肯定是小田切累……Magenta Scissor。

累一度想把ＩＳＳ套件寄生到志帆子她們身上，昨天卻以足以發出過剩光的決心，試圖保護志帆子她們，也就是她所發出的光芒，掩蓋住了重播卡的錄影標記，騙過了Ivory Tower的眼睛。也就是說，Ivory是在最後關頭，被他自己散播出來的ＩＳＳ所催生出的友情給絆了一跤。

志帆子先把暫停住的Black Vise身影，讓與會者看了個夠，才結束重播影片。

最先開口的，是極光環帶的副團長Aster Vine。

「這異常的模樣……我不可能會忘。『赫密斯之索縱貫賽』裡，我就從觀眾席上，親眼看得清清楚楚。加速研究社的恐怖分子Rust Jigsaw，把比賽搞得一塌糊塗，當時就有個黑色虛擬角色Black Vise和他搭乘同一輛飛梭，後來消失到影子裡。Ivory Tower啊，真沒想到Black Vise的真身原來就是你……！」

她以看似無意識的動作從腰間解下鞭子，啪的一聲劇烈打在金屬地板上。

「——你在以往的七王會議上說過的話，我可一字一句都記得清清楚楚。上次的會議上你就說了，說震盪宇宙和極光環帶不一樣，不主張在無限制空間的支配權，所以也就沒有義務應付位於震盪宇宙領土內的ＩＳＳ套件本體。真虧你講得出這種裝蒜的話……把套件本體設置在東京中城大樓，讓大天使梅丹佐去把守的，明明就是你自己！」

Aster憤慨不已，以雙手將束成圈的鞭子用力往左右一拉，接著Cobalt Blade也以雙馬尾幾乎倒豎的勢頭踏上一步。

「Black Vise……你在加速世界帶來多得數不清的浩劫，現在我就要你付出代價！相信到了這個節骨眼上，你不會說不想當我的下一個對戰對手吧！」

她拔出左腰的刀，將精光暴現的刀尖指向遠處的Ivory Tower。現在已經成了觀眾的Mangan Blade，也站在姊姊身旁，手按刀柄。

Cobalt更是毫不壓抑高漲到極限的劍氣，正要為了變更對戰對象，而打開系統選單的這一瞬間——

「——且慢，雙劍。」

以沉重嗓音制止她的不是藍之王，而是從會議開始以來，一直一如往常保持沉默的綠之王Green Grandee。春雪差點忍不住喊出：「說話了！」，好不容易才按捺下來。

雖然完全猜不到有如綠色巨像的綠之王Grandee內心有何想法，但他背後的Iron Pound與Suntan Chafer的鏡頭眼上，都沒有Vine或鈷錳姊妹那種劇烈的驚愕與激昂神色。長城的「六層裝甲」，在一週前與黑暗星雲進行領土歸還談判時，就已經從黑之王口中得知震盪宇宙就是加速研究社用來掩人耳目的幌子，所以想來他們心中覺得「原來是真的」的成分要多於震驚。

綠之王佩帶神器之一的十字盾「The Strife」，轉身正對原本在他右側約五公尺處的椅子上靜靜坐著的Ivory Tower，讓大盾的下端重重放到地上。

「——我和『雙劍士』花了幾百年都沒能掌握到的物證，竟然被人在區區一次領土戰之中掌握住，不像是你會犯的疏忽啊……『拘束者』。」

即使聽他以Black Vise的外號稱呼，Ivory Tower仍然毫無反應。他就像真的變成一座塔似的，連指尖都一動也不動。但綠之王若無其事地說下去：

「我曾對黑之王發下誓言，說一旦證實加速研究社與震盪宇宙是同一股勢力，就要主動進攻白之團。我認為先前的重播影片，已經足以作為證據，不知道你可有什麼話要抗辯？」

沉重的說話聲一中斷，先前那麼激昂的Aster Vine與Cobalt、Mangan姊妹，都發出了倒抽一口氣的尖銳聲響。綠之王的話就是如此具有決定性，徹頭徹尾就是最後通牒。

緊繃到極限的寂靜中……

Ivory Tower終於說話了。

「……真是令人回想起往事啊，綠之王。」

他不等綠之王答話，即使處在這樣的狀況，仍然以毫無兩樣的平板聲調繼續說話。

「之前第一期黑暗星雲剛潰潰敗時，震盪宇宙就試圖併吞澀谷第一、第二戰區。因為對我們的計畫而言，那裡是很重要的地方。然而就在本來應該無血讓渡的領土戰開戰前一刻，你和黑之王訂立密約——以鑽系統漏洞的方式取得了澀谷戰區。那一下子，就逼得我們的計畫進度表不得不延後一年以上……從那個時候起，我就想到遲早有一天要跟你發生衝突，但沒想到這一天來得這麼快啊。」

這番話，等於是承認他就是Black Vise。但春雪更好奇的是Ivory說起往事時所包含的一個字眼，於是小聲喃喃說：

「重要的……地方……？」

澀谷第一戰區的中心是原宿一帶，第二戰區的中心是以ＪＲ澀谷車站為核心的澀谷拉文廣場。兩者都是東京名列前茅的觀光名勝，也是很受歡迎的對戰去處，但春雪不記得這裡有什麼系統上重要的東西存在。正當他歪頭納悶，站在右邊的楓子就悄悄說：

「我想，大概是代代木公園。」

「咦……代代木公園有什麼……」

但他尚未聽到答案，藍之王就帶響鎧甲，開始往南走。紫之王也站起來，讓尖得像針似的高跟鞋踏出的腳步聲高聲迴盪。

「……上次的會議上，我們通過了紅之王的提議。一旦查出加速研究社的據點，七大軍團就要立刻組成聯軍，進行集中攻擊，而且要盡可能召集多名高等級玩家參戰……對於這個提議，當初你應該也贊成過吧，Ivory Tower。」

繼Blue Knight之後，Purple Thorn也開了口。她的聲調幾乎讓人聽不出情緒，因此更顯得沉重。

「我們斷定身為白之王全權代理人的你，和Black Vise是同一人物，而加速研究社與震盪宇宙是同一個組織。相信躲在附近的Radio也不會反對吧。因此，等這個會議一結束，就由七大……不，震盪宇宙不包括在內，日珥也和黑暗星雲合併了，所以就由五大軍團組成聯軍，開始對港區第一、第二、第三戰區展開總攻擊。一旦在對戰名單上發現震盪宇宙的團員，就一直挑戰，打到他們點數全失前都不會停手。而且，在下一次領土戰裡，我們還要進攻港區第一與第二戰區，剝奪你們的支配權。」

Purple一閉上嘴，Blue Knight就再度發言：

「這實質上等於毀棄了我們和震盪宇宙的互不侵犯條約，所以你們要主動進攻，當然也沒關係。只是……在集中攻擊開始前，我希望能先警告震盪宇宙的團員。只要他們退出軍團，即使出現在對戰名單上，我們也不會視為攻擊對象……只是很遺憾，包括你在內的加速研究社成員得除外。我希望你對全軍團團員傳達這個警告，你願意答應嗎？」

這些話可說是三個王最後的慈悲，而Ivory Tower默默聽著。

幾秒鐘後，他說出來的話是……

「……『巧遲不如拙速』。」

「你說什麼……？」

「是一句諺語，說事情做得巧而慢，不如做得笨拙卻快……這些年來我一直認為，這句警語在幾乎有著無限時間的加速世界裡並不適用。覺得無論花多長的時間都無所謂，還是慢慢推動事情，不要有遺漏或失策才好。所以，進行到這一步，我們花了現實世界中整整七年的時間。從知道心念系統的黑暗面……知道那種力量有多麼驚人之後，足足七年……」

聽到Ivory Tower的獨白，Blue Knight與Purple Thorn都微微不解，但春雪則能夠痛切理解。

沒錯——加速研究社的企圖，幾乎全都和「負面心念」有著密切的關係。災禍之鎧Chrome Disaster是不用說了，赫密斯之索襲擊事件、ＩＳＳ套件事件，說不定就連拓武所用過的開後門程式，都是在喚醒、利用、增幅負面心念的力量。

而現在他們的手中，有著堪稱計畫集大成的災禍之鎧MarkⅡ。春雪不知道研究社，不，應該說不知道Ivory Tower與白之王打算用來做什麼，但唯有一件事可以肯定。那就是如果置之不理，就會在加速世界中引發更重大的慘劇。

所以，對白之團的總攻擊，無論看似如何殘酷，都非執行不可。春雪能夠做的事情，也只剩下祈禱能多有幾名像Rose Milady這種留意到白之王有多冷酷的白之團團員，把警告聽進去，退出白之團。

「你們的七年，從出發點就錯了。」

如此斷定的，是與仁子並肩站立不動的黑雪公主。

「心念的黑暗面有著強大的力量……這種事情，連剛開始修行心念系統的中等級玩家都知道。也知道一旦被黑暗所困，等著自己的就只有破滅……事實上，你們製造出的災禍之鎧和ＩＳＳ套件，都是讓人一時得到力量，卻帶來了無可挽回的悲劇。會在一瞬間，把花時間慢慢培養出來的關係、友情、愛，都給破壞掉。追求這樣的力量，到底有什麼意義……！」

黑雪公主問得充滿了深沉的憤怒、無奈與悲傷。

Ivory Tower大張從長袍中伸出的雙手，如此回答：

「受不了……年輕人會知道心念的黑暗面，是因為指導他們的人這麼告訴他們，而這些指導者會知道，則是因為有人追求過黑暗面的力量。當然我說的就是我們。黑之王，妳現在所說的這些，我們早從七年前……不，是從這加速世界出現之前，就已經清楚到不能再清楚了。但我們還是選擇往這條路前進。」

「既然這樣……也就沒什麼好說了吧。」

說到這裡，黑雪公主終於也輕飄飄地上前。以浮遊移動來到仍在競技場正中央牢牢抓住重播卡的Chocolat Puppeteer身旁，稱讚她的奮鬥似的輕輕拍了拍她的肩膀，然後繼續前進。

「我們走的路，和你們走的路，有過好幾次交錯卻又分開，到昨天終於完全重疊在一起。剩下唯一的方法，就是戰鬥到其中一條路永遠斷絕為止。Cosmos不在場的確令人遺憾，不過……就麻煩你轉告她，說下次在對戰空間見了。」

「呵呵……妳還是一樣性急呢。」

Ivory Tower發出小小的笑聲，以略顯心有戚戚焉的聲調說了下去。

「過去我老是拿妳這種拙速沒轍，這次的事更讓我深深體認到。體認到那句諺語果然沒說錯，在加速世界裡，拙速有時仍會勝過巧遲……哎呀呀，累積了這麼多的時間，卻還學得到新的東西，實在令人驚喜。」

春雪發現到不知不覺間，Ivory Tower那平板又殷勤的聲調，已經轉為Black Vise那教師般的口吻。儘管後頸附近有著電流流過似的感覺，但不可能發生什麼事情。這裡是正規對戰空間，而Ivory Tower是無力的觀眾。

象牙色的魔導士，以令人感覺不出虛擬角色重量的幽靈般動作，從椅子上站起，視線往並排站在五公尺距離外的四個王身上掃過一圈，最後將面罩再度朝向黑之王。

「說答謝各位也有點奇怪，不過我就告訴你們一件你們不知道的事情吧。」

「事到如今你還說什……」

他以右手制止說著就要上前的Purple，筆直豎起了右手的手指。

「各位聽好了。就如各位所知，無論必殺技還是特殊能力，觀眾都無法動用。可是，加速世界的規則裡，到處都會產生例外，尤其是牽扯到心念……只是話說回來，壯觀的攻擊型心念當然用不出來，但只有兩個例外……『經過心念強化的，只干涉知覺的特殊能力』，又或者是『直接干涉系統的特殊能力』，即使身為觀眾，有些情形下還是能發揮效果。剛才Radio同學不就消失了嗎？那實實在在就是這麼回事。」

「……喂喂，這對高等級玩家來說不是常識嗎？只是因為違反禮節，所以平常誰都不去用。」

這次換成Blue Knight發出傻眼的疑問，Ivory Tower則是繼續平靜地講解。

「常識，是吧……那麼Knight同學，首先就得先從這常識懷疑起才行啊。因為你們從一開始，就沒有一個人發現。連Grandee同學都不例外啊。」

「沒發現……？沒發現什麼？」

「沒發現他呀。不……現在應該稱之為她吧。」

Ivory Tower丟下這句話——

隨即以滑行般的步伐，往右側一動。

接著春雪看見了。看見Ivory的背後，競技場的牆邊，靜靜站著第十九名對戰虛擬角色。以直線為基調的銳角輪廓。個頭略小，但手腳的分量感都很足，所以完全不給人嬌小的印象。最具特色的，就是往左右兩邊尖銳突出的肩部裝甲。

「…………你是……」

春雪以沙啞的嗓音喃喃說著，右腳輕輕踏上一步。

同時Cobalt Blade也衝到了Chocolat身旁。

「太離譜了……這不可能！觀眾名單的人數我明明清點了兩次！」

回答她這聲驚呼的，仍是Ivory Tower。

「應該有在名單上列出來啊。只是妳沒有辦法知覺到第十九個人的名字而已。這就是我的

『薄影』(Undercover)特殊能力真正的力量。來……該妳出場了。」

他舉起左手，啪的一聲彈響手指。

這個信號一打，牆邊的虛擬角色開始往前走。金屬踏上金屬的沉重腳步聲，迴盪在寬廣的競技場內。

觀眾動用特殊能力，讓人看不見屬於BB系統本身的觀眾名單上所列的名字。怎麼想都不覺得有辦法做出這樣的事情。

可是……

上個月中旬，為了因應在赫密斯之索中搗亂的Rust Jigsaw應對方針而召開的今年第一次七王會議上，春雪也有過類似的經驗。

記得就在準備了七張椅子，六個王坐著，等剩下一個人就座的狀況下，他就沒能發現第七張椅子是何時有人悄悄坐了上去，還因而瞪大了眼睛。那個虛擬角色就是Ivory Tower。而不只是春雪，連諸王的眼睛都能騙過，就是因為他以觀眾之身，發動了「薄影」特殊能力——

讓身影稀薄得任誰都無法知覺到，這種力量乍看之下不起眼，但仔細一想，這比Black Vise與他的徒弟Shadow Croaker所用的「潛影」(Shadow Lurker)特殊能力更加可怕得多。何況這種能力不但能用在自己以外的對戰虛擬角色……甚至可以及於系統顯示的內容，那就更不用說了。

春雪以極限速度運轉思考，甚至無法呼吸地凝視競技場南端。而這第十九人，就在他的視線所向之處，從觀眾席的暗處現了身。

消光灰的金屬裝甲，有著像是車床留下削鑿痕造成的交錯紋路質感。狀似狼合上雙顎的面罩。肩部裝甲的造型也是一樣。

Wolfram Cerberus——

有著絕硬鎢裝甲與「物理無效」特殊能力所帶來的絕對防禦力，格鬥才能更是連高等級玩家都嘖嘖稱奇的對戰天才。同時也是春雪在這個加速世界中認識，以拳交心，培養出友情的重要朋友。

「Cerberus……」

春雪一邊以沙啞的嗓音呼喚朋友的名字，一邊一步步踏上前。但Cerberus那仿牙齒上下咬合而成的面罩仍然緊閉，毫無反應。

春雪第一次遇見Wolfram Cerberus，並在對方的挑戰下對戰，是在約一個月前，六月二十五日的傍晚。當時春雪只在在見識到他的才能有多麼亮眼，輸得一塌糊塗。

翌日的二十六日再戰，春雪靠著黑雪公主直接傳授的以柔克剛，用以摔技為主的戰法，驚險地拿下了勝利。

再來是二十七日，春雪在亂鬥模式中，與Cerberus展開第三次的對戰，但被加速研究社的幹部「四眼分析者（Quad Eyes Analyst）」Argon Array所阻，並未分出勝負。接著就在這場戰爭剛結束之後，春雪在現實世界，與Cerberus有了一瞬間的面對面接觸。

當時春雪對這位默默站著不動，年紀和他差不多的少年，用思念呼喊著我想跟你做朋友。少年很快就跑開，但春雪相信只要往後繼續打著多到數不清的對戰，有朝一日就能和他變成真正的朋友。

然而——

就在三天後的六月三十日，在春雪等人闖入的加速研究社大本營，Cerberus以他們完全料想不到的模樣再度現身。

不是身為春雪想見的那種不受任何外物束縛，純粹只享受對戰樂趣的好對手，而是身為加速研究社所打造出來的災禍之鎧MarkⅡ裝備者——

靠著軍團伙伴與梅丹佐的力量幫助，春雪驚險地成功癱瘓了MarkⅡ，並試圖以千百合的「香櫞鐘聲」，把作為鎧甲媒介的Scarlet Rain強化外裝分離出來。然而就在強化外裝只剩最後一件時，倒在地面上的Cerberus卻消失了。

之後直到今天，春雪都一直掛念著Cerberus，但別說重逢，連探知消息的辦法都找不到。所以，現在能夠和他重逢——無論處在什麼樣的狀況下，自行將點數減少到只剩10點的Cerberus並未點數全失，繼續當著超頻連線者，這件事讓春雪高興得幾乎要跳起來……本來應該是這樣。

春雪的腳只踏上兩步，就像被釘在地上似的，再也動彈不得。他身體深處，不停湧出一種從未感受過的……比昨天領土戰爭中，被Glacier Behemoth以「末次冰期（Last Glacier period）」關住，頭上更有Snow Fairy的「白色結局」進逼而來的時候更加不祥的預感。一種讓他覺得要是就這麼被吞沒，就會呆呆站在原地零化（Zero Fill）的冰冷戰慄。

Wolfram Cerberus以生硬的步伐踏進會場，在Ivory Tower的左後方停下了腳步。他的面罩上仍然沒有光，也沒有要說話的跡象。

春雪注意到，在從洋蔥形屋頂灑落的微弱光線照射下，Cerberus的背上，有著以前不存在的零件突起。是一種狀似甲蟲鞘翅，大小合計四根的尖銳突起。多半就是從紅之王身上搶來的「無敵號」推進器零件，配合Cerberus的虛擬角色造型，變形、變色而成。

搶回推進器，並將Cerberus從重重束縛中解放出來，就是春雪與加速研究社戰鬥的理由。現在這個機會也許終於來了，所以已經不是僵在原地的時候了。然而他仍無法挪動腳步上前，甚至連握緊拳頭，開口說話都辦不到。

無論Cerberus的模樣有多奇怪，照理說都沒有理由讓他害怕到這個地步。因為——

「……Ivory，你的影子之薄，的確是一種了不起的能力，這我承認。可是啊……用這種力量藏住另一個觀眾，又怎麼樣呢？你自己剛剛也說過，說觀眾能動用的特殊能力，都是些用來誤導別人眼睛或鼻子之類的無害技能。」

站在Ivory正前方的Blue Knight，替春雪說出了他的心思。

沒錯，Wolfram Cerberus，在這裡終究只是觀眾。沒有體力計量表，無法進行物理攻擊，也無法施展必殺技。而就春雪所知，Cerberus是個純粹的格鬥型角色，也沒有會影響知覺的特殊能力。如果在場所有人都同意變更為亂鬥模式也就罷了，但這樣的情形絕對不會發生，而且有權限提出變更模式要求的，也就只有現在的對戰者Cobalt Blade與Chocolat Puppeteer。

Ivory Tower接下來到底打算做什麼？

不等Ivory回答，Blue Knight舉起右手，對後方的Cobalt Blade打了手勢。

「小鈷，現在看得到觀眾名單上的名字了吧？為防萬一，先讓這個金屬色角色退場。」

「……是！」

Cobalt點點頭，打開系統選單。

春雪、楓子、千百合、仁子、Aster Vine、Iron Pound，以及諸王的注意力，都有一瞬間朝向了Cobalt Blade。就在這一瞬間。

Ivory Tower以低沉而流利的嗓音輕聲說道：

「Cerberus Number Three Activate。」

鏘的一聲響，Cerberus右肩裝甲的鋸齒狀接合線往上下分開，縫隙間迸出鮮明的光芒。

在研究社的大本營那一戰，春雪就從Argon Array口中，聽過一模一樣的語音指令。當時也是右肩的裝甲開啟，而寄宿在Cerberus虛擬身體上的第三人——「掠奪者」Dusk taker的人格就此出現。

春雪想到那小子又要跑出來，當場一口氣喘不過來。然而從裝甲開口散發出來的光芒，卻不是Dusk Taker的過剩光那種深紫色，而是早春朝霞般的清澈淡粉紅色。一個他最近才見過的顏色……

與其他三個王一起和Ivory Tower對峙的黑雪公主大喊：「難道是……！」

就在同時，Cerberus的右肩，以甜美清澈，卻又帶著點悲傷空洞的嗓音，唸出了「那個招式名稱」。

「『範式瓦解（Paradigm Breakdown）』。」

珍珠粉紅的光芒以驚人的光亮迸發，填滿了春雪的視野。

4

只有兩個例外……「經過心念強化的，只干涉知覺的特殊能力」，又或者是「直接干涉系統的特殊能力」。即使身為觀眾，有些情形下還是能發揮效果。

被光芒吞沒的瞬間，迴盪在春雪腦海中的，就是短短幾分鐘前才聽Ivory Tower說過的話。

直接干涉系統的能力(Ability)。這聽起來像是把所有心念的共通原理「覆寫現象(Overwrite)」換個說法，所以他大意地左耳進右耳出，但如果直接干涉這個說法，指的是改變BRAIN BURST的規則，這種強大無比的能力，不可能有很多人擁有。

就春雪所知，能力足以扭曲世界規則的超頻連線者，就只有兩個。

一個是能將目標虛擬角色的時間或狀態回溯，將任何現象——哪怕是受到身體被砍成兩截的損傷——都化為烏有的「時鐘魔女(Watch Witch)」Lime Bell。

另一個則是能強制引發變遷，或是將正規對戰場地變更為無限制中立空間，從某種角度來說能力無異於神的「預言者」Orchid Oracle——

理由他不知道。狀況也不清楚。

唯一可以確定的一件事，就是Wolfram Cerberus的右肩……以前宿有Dusk Taker複製人格的這個地方，現在宿有Orchid Oracle的人格，還在Ivory Tower的命令下，發動了心念「範式瓦解」。

也就是說，這裡已經不是正規對戰空間，春雪與黑雪公主也不再是安全的觀眾。

這裡已經是無限制中立空間。

就在化為一堵牆壁湧來的淡粉紅色光芒吞沒了虛擬角色，往後方穿過的瞬間，春雪揮開恐懼與不安，大聲呼喊：

「師父，妳帶Bell和Choco退到外面！學姊由我來！」

就目前所見，這道光芒穿出牆壁消失後，煉獄空間下的武道館內部也並未發生改變。但在昨天的領土戰爭裡，他們還還掌握不住狀況，就被Glacier Behemoth的心念困住，再被Snow Fairy的心念打得差點全軍覆沒。現在他們不應該留在狹小的武道館裡。

聽春雪立刻做出這樣的判斷而發出指令，楓子毫不遲疑地回答：

「包在我身上！」

輪椅的車輪發出嘰～的一聲，在金屬地板上激出火花，往後直衝。她以左手抱住身後不遠處的千百合，然後前進救走呆呆站在競技場中央，一動也不動的Chocolat Puppeteer。

「Pard小姐請去帶Rain！」

等春雪喊到這裡，Blood Leopard已經跳上空中。她翻了個筋斗，變身為野獸模式，一著地就將仁子撈到了背上。

「喂，等等，我要把那傢伙……」

Pard小姐用尾巴按住嚷嚷到一半的仁子，跑向出口。左手抱千百合，右手抱志帆子的楓子，也隨後跟去。

春雪以視野角落捕捉同伴們全速後退的身影，卯足了所有的想像。

「——『光速翼（Light Speed）』！」

他背上張開的翅膀上，迸發出白銀的過剩光。

他才剛從以觀眾身分參加的正規對戰空間，被拋進無限制中立空間，視野左上方出現的體力計量表固然全滿，必殺技計量表卻還是空的。但現在又沒有時間破壞物件。

「光速翼」的發動不如「雷射劍」穩定，但或許是拜劇烈的死鬥所留下的記憶仍然鮮明所賜，春雪大大張開光翼，讓身體猛然加速。

競技場的南側，藍之王與紫之王各自舉起自己的神器環顧周圍，綠之王則似乎感覺到了什麼，將十字盾舉到頭上，而黑之王則凝視著Wolfram Cerberus，呆呆站著不動。

春雪一邊朝自己的劍之主飛翔，一邊朝左側的Cobalt Blade與Mangan Blade、右側的Aster Vine與Iron Pound、Suntan Chafer，以及黃之王仍然消失，顯得不知所措的Lemon Pierrette，大喊：「趕快出去！」

前方可以看到Ivory Tower那魔導士般的白袍，從腳底逐一變為黑色薄板。他身旁的Wolfram Cerberus，則右肩裝甲繼續發出淡粉紅色光芒，仍然完全沒有要動的跡象。

到底Orchid Oracle／若宮惠的人格，為什麼會變成「三號」宿在Cerberus身上？本應是主要人格的「一號」又怎麼了？從昨天就聯絡不上的惠本人，現在到底處在什麼樣的狀況——

這一切的疑問，春雪都不知道答案。但他的直覺發出強烈的警告，告訴他說不可以繼續留在這裡。

「——學姊！」

春雪呼喊一聲，用右手抱住呆立不動的黑雪公主纖腰。接著他反射性地用空著的左手，牢牢抱住了就站在她附近的紫之王Purple Thorn的身體。

「呀！等等，你做什麼啦！」

紫之王大聲嚷嚷的同時，黑雪公主也發出了沙啞的驚呼：

「不可以，Crow，我要把Oracle……」

「現在得先出去再說！」

春雪對Cerberus／Oracle也同樣掛念得一顆心都要撕成兩半，但就連這樣的情感，多半也是Ivory，不，是Black Vise的圈套。

春雪更加用力抱住兩個王的腰，朝著武道館的天花板急速攀升。

「請破壞屋頂！」

聽春雪這麼說，紫之王比心思還留在Oracle身上的黑雪公主更快有了反應。

「真拿你沒辦法……！」

她咒罵之餘，仍將右手錫杖朝著天花板正中央揮去。她明明應該和春雪一樣計量表全空，神器「The Tempest」卻迸發出蒼白的雷電，在一陣活生生折斷樹幹似的轟然巨響中，金屬天花板開了大洞。春雪就朝這個洞口露出的灰綠色天空，卯足所有心念力飛行。

就在他從這現成的出口飛上天空的短短一秒鐘後。

從武道館的東側，從九段下車站周邊的高樓大廈群之中的某處，灑下了耀眼得幾乎要把眼睛燒傷似的炫目光芒。一種散發著紅紫色電漿的極大口徑雷射。不是Cerberus，也不是Black Vise，而是第三個敵人所發的攻擊──

儘管不及梅丹佐的「三聖頌」，但這光束仍然有著尋常必殺技不可能會有的規模，從急速攀升的春雪腳尖掠過，貫穿了武道館的大型屋頂。

一瞬間的寂靜。

春雪一邊減速一邊回頭看去，巨大的火球就從他眼底膨脹，將完全由金屬打造而成的武道館屋頂與牆壁，都像奶油似的加以融化——

隨即引發了幾乎連空間都因而崩毀的大爆炸。

連他們三人所在的高度都波及到的熱浪，讓春雪忍不住別過臉，深深戰慄。要是逃脫的行動再晚個三秒鐘，相信他會連「光學傳導(Optical Conduction)」特殊能力都無暇發動，就被爆炸完全吞沒，雖說Silver Crow是金屬色角色，應該也不免當場斃命。這超絕的一擊和Snow Fairy的「白色結局」同等，不，考慮到雷射射到的速度，應該還要高上一兩段。毫無懷疑餘地，肯定是第二階段以上的心念。

不知道楓子、仁子、Cobalt、Mangan她們是否有平安逃脫出來？想來多半沒有時間逃脫的藍之王、綠之王，以及Ivory Tower與Wolfram Cerberus，不知道現在怎麼樣了。

春雪正要凝神細看仍在噴出火焰與黑煙的武道館殘骸，黑雪公主在他背上用力一按。

「Crow，在那邊！」

春雪驚覺地抬頭一看，黑之王已經用劍尖指向遠方一棟大樓，紫之王也舉起了換拿到左手上的錫杖。

「我有很多話想說，不過晚點再說。烏鴉，飛到那棟大樓去！」

的確，比起同伴們的安危，更重要的是得先解決那個大口徑雷射的射手才行。要是被對方三番兩次反覆攻擊，即使同伴們存活下來，也將無路可逃。

——然而……

「……對不起，我的集中力已經到極限……！」

就在春雪說出這句話的同時，三人的身體猛然一晃。春雪的銀翼上所宿的過剩光，開始不規則閃爍。「光速翼」這種心念原本就不穩定，而且本來應該用來在短時間內擠出極大推進力，完全不適合用於低中速的穩定飛行。

「你很沒出息耶……！」

聽紫之王說得難聽，總算找回自己步調的黑雪公主反駁：

「Thorn妳這傢伙，虧他救了妳，妳這是什麼口氣……」

「妳很囉唆耶Lotus，至少先牽制一下！我數一、二……」

聽她擅自倒數起來，黑雪公主啐了一聲，但仍右手劍後收。

說要牽制，但她們兩個都沒有必殺技計量表吧……就在春雪想到這裡而慌張起來的瞬間。

「『荊棘之罰(Thorn Retribution)』！」

「『奪命擊(Vorpal Strike)』！」

兩人高聲呼喊，紫之王的The Tempest發出規模數十倍於剛才破壞天花板那一擊的雷光，黑之王的終結劍(Terminate Sword)則射出發出血紅光芒的巨大長槍。兩者都是心念——而且想像的強度都足以讓周圍的空間景象有如蜃景般搖曳。

即使兩招合力，威力也及不上先前的心念雷射，但兩道光線同樣有著讓人確信「一觸即殺」的威力，發出幾乎震破耳膜的共鳴聲，被吸往遠方的大樓屋頂，濃縮成超高密度引發了爆炸。

全金屬製的大樓天台附近，就此缺了一大塊。從這個距離，看不出死亡特效是否混在爆炸之中，但至少敵人退避到安全的所在之前，應該無法射出下一發雷射。

看完這個結果後，春雪的心念終於耗盡。

「我要下去了！」

他先趕緊宣告，然後開始用失去光芒的翅膀滑翔。他避開已經化為巨大凹洞，仍然滾燙發紅的武道館殘骸，而是朝向北側不遠處的區域，散布著現實世界中多半是綠地樹木的奇形怪狀金屬物件所在處下降。他在空中拚命尋找，但視野內看不見同伴的身影。

同樣在環視地上的紫之王說：

「亮得有點反常呢……」

她喃喃說著，仰望天空。春雪也跟著抬頭一看，覺得煉獄空間特有的那種詭譎的雲，跟會議開始前比起來，似乎的確在發出微弱的光芒。但這裡和時間不會流動的正規對戰空間不同，無限制中立空間裡會有晝夜循環，所以太陽的位置不同，也就可能造成光線或暗或亮。現在幾乎在正上方的雲層後頭，就隱約透出了淡黃色的太陽，但比起荒野屬性或原始林屬性下的陽光，實在沒什麼了不起。

「不，沒什麼——啊，那裡！」

紫之王這次指向地面，所以春雪再度往下看去。他覺得似乎在金屬樹林的角落，看見了鮮豔的顏色，於是朝那兒螺旋下降。

春雪雙腳剛碰上金屬地面，放下用雙手抱住的兩個王，立刻就要大聲呼喚同伴。但就在他正要開口之際……

「Crow！」、「烏鴉同學！」

先聽見這樣的喊聲，接著就看到Lime Bell與Chocolat Puppeteer從一棵金屬樹後面跑了過來。更後面跟來的則是還坐在輪椅上的Sky Raker、豹型態的Blood Leopard，以及騎在她背上的Scarlet Rain。

在無限制中立空間，看不到別人的體力計量表，但看來所有人似乎都並未受到損傷。春雪太過放心，差點當場癱坐下來，黑雪公主迅速從右邊撐住他的手臂。

跑過來的五個人當中，第一個發言的是仁子。她輕輕啐了一聲，把大大的鏡頭眼朝向春雪左側。

「真是的，竟然連她也救？」

她話一出口，Purple Thorn立刻以帶刺的聲音反駁：

「哼，又不是我拜託他。而且我告訴妳，要不是有我在，當初根本也沒辦法從天花板逃脫！」

仁子立刻又要展開反擊，但Choco早了一瞬間插話：

「兩位，現在不是鬥嘴的時候了！再不趕快決定怎麼做，會有危險的！」

「的確沒錯啊。」

黑雪公主點點頭，輕輕鬆脫跟春雪交纏在一起的左臂，環視眾人說下去：

「雖然有很多事情，我們都不清楚來龍去脈，但狀況非常明顯。就和昨天的領土戰爭一樣，我們被Oracle的心念，從正規對戰空間被轉移到無限制中立空間來了。相信就是Ivory Tower為了因應自己被逼得無可抵賴的場合，才事先準備了這個圈套吧……」

「等……等一下好不好。」

紫之王再度開口，聲調中已經沒有剛才帶刺的感覺，而是充滿了深沉的震驚與不解。

「妳說Oracle……是以前待在震盪宇宙的Orchid Oracle？我聽說她好幾年前就已經點數全失了……而且，要把人從正規對戰空間轉移到無限制中立空間，這種事情是要怎麼……」

「晚點再跟妳說明，現在我們非得分秒必爭地擺脫這個狀況不可。」

黑雪公主以嚴肅的聲調這麼斷定，視線朝向樹林北側的那道模樣詭譎的大門。那肯定就是蓋在現實世界中武道館北方的田安門。

「所幸就剛才從空中看來，情形和昨天不一樣，應該不會說所有傳送門都部署了大型公敵。我們就趁Ivory出下一招之前，和其他人會合，朝最近的傳送門前進吧。」

「…………也對。」

Purple Thorn意外地乖乖點頭答應，以掛念的表情看向凹洞的方向。她多半是擔心Aster Vine吧。春雪忍不住朝她走上一步，小聲說：

「這個，我想Vine姊應該沒問題。我抱妳離開之前，就先請她趕快離開武道館了。」

「我……我當然知道。Vine哪有可能被那麼粗糙的攻擊給幹掉！」

「是……是！」

春雪連連點頭，黑雪公主在他身旁輕輕嘆了一口氣說：

「……要擔心的反而是應該會被雷射轟個正著的Knight和Grandee吧。我是很想說憑他們的本事不至於一擊斃命，但如果真的死了，就得等他們復活啊……」

紫之王聽到她這句話，忽然注意到了什麼似的，看著黑雪公主的臉好一會兒，以多了幾分生硬的聲調問起：

「我說啊，Lotus。」

「嗯……什麼事？麻煩長話短說。」

「我姑且還是先問問……這個狀況，對妳來說不是千載難逢的良機嗎？四周都是妳的人，而且多達六個，就算是我，也很難顛覆七對一的不利。」

「千載難逢……？妳在說什麼？」

「別裝傻了，妳怎麼可能沒發現！我的意思就是說，只要妳現在攻擊我，就可以靠一戰定生死規則，拿下我的首級！」

面對Purple Thorn尖銳而緊繃的逼問，黑雪公主在護目鏡下，慢慢眨了眨藍紫色的鏡頭眼。

看到她的反應，春雪就懂了。黑雪公主是真的沒有意識到這件事。沒有意識到只要趁這個機會打倒紫之王，就能在通往10級的樓梯再爬上一階的事實。

春雪也同樣完全沒有發現有這樣的選擇。楓子和千百合等人，也都屏氣凝神，觀望事態發展。

「對喔……的確，妳說得沒錯。」

黑雪公主喃喃說到這裡，視線落到右手劍上。

「……什麼這種手法太卑鄙，用一戰決生死規則對戰的時候要堂堂正正挑戰，這樣的話我沒有資格說。因為當初用突襲讓妳的情人Rider點數全失的人，就是我。」

一聽到這句話，Purple Thorn的右手微微一震。The Tempest似乎被她以渾身之力往地上撐，尖銳的杖尾嗤嗤作響，在灰色的金屬上刮出痕跡。

三年前，黑雪公主讓上一代紅之王點數全失，是因為被親生姊姊白之王White Cosmos妖言所惑。淡黑雪公主說她不打算拿這個當藉口，現在也的確並未提起此事。

黑之王改以壓抑過的口氣，對紫之王說：

「我升上10級的這個目標沒有變，只是優先順位的問題。對現在的我來說，比起拿下妳的首級，擊潰加速研究社更重要。要是現在在這裡讓妳點數全失，大家就沒有辦法團結起來，組成聯軍了吧？」

「……只是嘴上說說，愛怎麼講都行吧？」

Thorn仍不停止追問，黑雪公主輕輕聳了聳肩膀。

「這倒是沒錯。可是，如果我是不瞻前顧後，滿腦子只有拿下諸王首級的那種人，妳不覺得我早就讓那個小不點點數全失了嗎？」

這話一出口，還騎在Pard小姐背上的仁子就開了口：

「喂，妳說誰是小不點……」

她放粗了嗓子嚷嚷，但Pard小姐的長尾巴捲住她的面罩，讓她說不下去。

Purple Thorn默默瞥了Scarlet Rain一眼，然後花了幾秒鐘，慢慢放鬆苗條的右手上所灌注的力道，最後緩緩深呼吸，以最小的動作點頭。

「也對……這也說得是。眼前一戰定生死這件事，就先保留——那，妳打算怎麼和Vine他們會合？要是在開闊的地方貿然行動，那個雷射又會轟下來。」

「也對……」

春雪和黑雪公主同時仰望東方的天空。

現在被金屬樹林遮住所以幾乎看不見，但大口徑雷射射手躲藏的高樓天台上，還微微冒著煙。如果射手已經死在黑雪公主與Thorn的心念攻擊下，在復活之前的不到一小時時間內，他們就是安全的，但認定使得出那種攻擊的對手，會被並非突襲的一波攻擊順殺，這樣的期望就未免太樂觀。

「……雖然很不想這樣，但還是分成兩隊行動吧。」

紫之王也點頭同意黑之王的意見。

「也對……Alpha小隊去打倒雷射砲手，Bravo小隊去集合走散的同伴。我話先說在前面，Bravo小隊也很危險，我可不覺得Ivory和那個奇怪的金屬色角色會死在剛才那個爆炸裡。」

——哦？紫之團是採用北約音標字母來作為小隊名稱啊？

春雪正覺得佩服，Purple Thorn就彷彿看穿了春雪的心思，瞪了他一眼。

「我話先說在前面，這是Vine的興趣……那，我們怎麼分隊？」

「這……這個，我志願參加Alpha小隊！因為得上大樓才行！」

春雪趕緊自告奮勇，Pard小姐也跟著揮動強而有力的尾巴。

「我也擅長爬牆。」

「不，Leopard妳留下。」

說這句話的是楓子。她一邊瞥向騎在豹背上的仁子，一邊說道：

「說不定，Ivory……Black Vise還在覬覦『無敵號』。妳最好別跟Rain分開。」

「……K。」

Pard小姐乖乖答應，她背上的仁子雖然不服氣，但仍點了點頭。

「最近老是被大家保護，我實在不喜歡，但要是這個時候強化外裝又被搞走，可就太對不起上次辛辛苦苦幫我搶回來的Bell和Pile啦……我也在底下集合同伴。」

「Rain，別那麼鬧彆扭。要移動到傳送門的時候，說不定妳的『無畏號（Dreadnought）』就得出場啦。」

聽黑雪公主這麼一說，仁子回答「好好好」，春雪則在內心想著「上次我明明也很拚……」這種有點彆扭的念頭，楓子就從輪椅上迅速站起。

「由我和鴉同學同行。Alpha小隊有我們兩個就夠。」

「咦……就……就兩個人……？」

春雪不由得說出窩囊的意見，但楓子以流利的口吻開導他：

「要和那類大砲打，與其背上載著人而讓動作變遲鈍，還不如全速拉近距離，衝進對方內門。」

「的確，我也討厭被人這樣對付。」

聽見仁子這樣的評語，他也只能做好心理準備。

不——其實「會飛的成員」還有另一個。就是在春雪的主觀時間裡，覺得三十分鐘前才道別的大天使梅丹佐。既然都被拖進無限制中立空間，春雪是滿心想和昨天的領土戰爭一樣，去借用她的力量，但梅丹佐應該正為了恢復之前消耗掉而尚未復原的力量，而在總算找到的避難所楓風庵裡沉眠。

而且，要是動輒依賴梅丹佐，那就到達不了春雪暗自定下的目標——有朝一日要變強到足以保護她。眼前這個任務的目標不是打倒敵人，而是要找齊走散的鈷錳姊妹、Aster Vine、綠之團的兩人。為防萬一，黃之團的Lemon Pierrette也要找到，然後和藍之王、綠之王也會合——消失無蹤的黃之王應該會自己回去——從傳送門逃脫，所以這點程度的任務總得靠自己就行有餘力地達成才行。

當然了，這不表示他可以大意。尤其春雪志願加入的Alpha小隊，責任更是重大。他們非得在敵人發射那心念雷射之前一口氣接近，並在最短時間內排除不可。

春雪堅定了決心，再度仰望東方的天空，背後的千百合問起：

「Crow，你提起鬥志是很好，但你的必殺技計量表集滿了嗎？」

「咦？…………啊。」

聽她問起，才想起最重要的計量表還是空的。那就再用「光速翼」……春雪一瞬間想到這裡，但和敵人作戰卻只靠心念，實在太危險。

「我……我知道啦。我去打壞這附近的樹，馬上……」

去集滿這三字尚未出口，紫之王就以一樣帶刺的口吻下令：

「不要動。」

春雪當場僵住，她將錫杖的先端按上春雪的側腹。尖銳的水晶咬進薄弱的裝甲，正當春雪狼狽地心想「再頂下去我的體力計量表就要減少啦！」的時候——

「『基本電荷(Elementary Charge)』。」

平淡的招式名稱喊聲中，水晶發出紫色的光芒，讓春雪的必殺技計量表猛烈地開始充填。計量表在短短幾秒鐘內集滿，Thorn隨即拿開錫杖。

「…………謝……謝謝妳……」

春雪茫然地道謝後，按捺不住興趣而問起：

「剛……剛剛的招式，該不會可以無限幫別人的計量表充電……？」

「你很笨耶，哪有可能？我的計量表當然會減少。」

搞什麼，是這樣啊？不過即使這樣，這種能力還是很厲害。春雪的念頭才剛轉起。

「只是話說回來，會增幅到１．６０２１７６６２倍就是了。」

「……說1．6倍不就好了……」

「你很囉唆耶。別說這些了，既然你志願參加Alpha小隊，可要確實打倒雷射砲手。我可不想再被對方轟上一砲。」

「好……好滴！」

春雪立正站好，黑雪公主在他又前方露出有話想說的眼神，口中說出的卻是強而有力的鼓舞。

「得仰仗你們了，Crow、Raker。你們開始戰鬥的瞬間，我們也會從這裡衝出去集合大家。會合地點就選在武道館的遺址。」

「了解。我們馬上去解決。」

楓子和春雪不一樣，不需要必殺技計量表就能飛行。她不用語音指令，而是操作系統選單收起輪椅，轉而召喚出疾風推進器。這樣雖然比較費事，但實體化之際不會發生搶眼的特效，也就不會吸引到敵人的注意。

「那，鴉同學，我們要上了。先走遠一點再起飛吧。」

春雪和轉頭瞥過來的楓子相視點頭，開始在金屬樹下奔跑。背後聽到志帆子說：「請加油！」，於是舉起右拳回應。

＊＊＊

Sky Raker與Silver Crow的身影，混在灰色的樹林間，再也看不見了。

幾秒鐘後，聽見高亢的振動聲響，拖出蒼藍噴射火焰的Raker，和張開銀色翅膀的Crow出現在樹頂。但能夠看清楚他們身影的時間也就只有一瞬間，兩人隨即以驚人的速度，飛往東方的天空。

奈胡志帆子將巧克力色的雙手交握在胸前，在心中對他們說話。

——有田同學，楓子老師，加油……可是，不要太勉強自己。

志帆子在第一次參加的七王會議上，大致上完成了被交付的任務……她這麼想。對於才剛升上5級的志帆子而言，藍之王Blue Knight、綠之王Green Grandee、紫之王Purple Thorn，都是活傳奇，光是看到他們，就會覺得雙腿發抖。然而一想到黑暗星雲的團長黑雪公主，意外地會鬧彆扭、會吃醋；而雖然尚未以血肉之軀見過，但往另一個方向可愛的Scarlet Rain也是9級的王……就覺得緊張舒緩了些，等到開始說明重播卡的內容時，心情上已經變得在想說：「Ivory Tower，吃我這招！」

等影片也順利播放完畢，看著Ivory Tower被諸王質問，志帆子總算鬆了一口氣，心想這下終於能夠把可恨的加速研究社逼得再也無法抵賴，然而……

理應不存在的第十九名與會者所發揮的能力，又再度將會場轉移到無限制中立空間，接下來志帆子就無能為力了。她茫然站著不動，被Sky Raker抱著，靠自走的輪椅逃脫到屋外，緊接著就有一道紅紫色的光，從東方的天空落下，將武道館轟得片甲不留。

雙手抱著志帆子與Lime Bell的Raker，與把紅之王揹在背上的Blood Leopard，以令人難以置信的速度，在絕對不算平坦的煉獄空間地面上飛奔而過，毫髮無傷地躲開了背後迅速膨脹的爆炸。五個人就這麼退避到武道館西北方的一片金屬樹林，而看到Silver Crow從東方天空抱著黑之王與紫之王下降，則是幾十秒後的事了。

聽著兩個王的對話，總算勉強掌握住狀況。但遺憾的是，被分配到Bravo小隊的志帆子，怎麼想都不覺得自己能做些什麼。戰鬥力遠遠不如三個王和Blood Leopard是不用說了，又沒有像Lime Bell那樣的特殊能力，甚至就連保護自己，多半也並非易事。

——我的實力還差得遠了。

正當她用帽子前緣遮住臉，咀嚼著自己的無力——

「好了，Choco，該妳出場了。」

卻突然被黑之王點名，讓志帆子忍不住發出狀況外的聲音。

「好欸？」

「記得妳的巧克人，消耗一整條計量表，可以叫出五隻對吧？」

「啊，是……是的。」

她急忙點頭。嚴格說來，是一次消耗整條必殺技計量表，做出最大尺寸的巧克力池，再把計量表集滿，然後又用掉整條，就可以同時製造出十隻巧克人，但一條計量表最多可以製造出五隻巧克人這點並沒有錯。

「好，那就拜託妳了——Thorn。」

黑雪公主一叫到，紫之王就大剌剌走向志帆子。

「真是的……告訴妳們，這下我的計量表也空了。」

她先丟下這句開場白，然後把錫杖前端的大顆水晶，放上志帆子右肩——看來是沒有必要像對Silver Crow充電時那樣，非放在腹部不可——唸出招式名稱。充電只衝到一半就結束，所以剩下的部分就去踹倒較小的金屬樹來累積，集滿必殺技計量表之後，先以「可可湧泉（Cocoa Fountain）」創造巧克力池，再用「創造傀儡（Puppet Make）」產生五隻巧克人。

「哦？這招式真有意思呢。」

紫之王說得佩服。

「總覺得好好吃啊，這些傢伙。」

紅之王則似乎餓了。黑之王不理她們兩人的評語，指向武道館方面。

「好，那麼等Raker他們開始戰鬥，我們就開始搜索參加會議的人。為防萬一，我們一起行動，但巧克人就一一分散，找到超頻連線者，就引導他們來找Choco。」

「好……好的。這是辦得到，但我想巧克人應該不會區分敵我……」

「無所謂，如果拖了敵人來，幹掉就是了。」

「了解！」

志帆子點點頭，再度看向東方的天空。

從九段下車站周邊的高樓大廈群，還看不到戰鬥的特效光。不知道是Crow與Raker還在搜敵，還是正在追趕逃走的敵人——

「啊，那個！」

Lime Bell突然大喊，同時志帆子也注意到了。

一棟和黑之王及紫之王所破壞的高層大樓相鄰，但稍微矮了一些的大樓天台上，有著好幾道細細的雷射，朝著北方的天空發射。

「好，開始行動！」

黑雪公主一喊，就由Blood Leopard代表眾人回了一聲「K」。六名超頻連線者與五隻巧克人，接連從金屬樹林衝出，一邊警戒四周，一邊開始往南奔跑。

＊＊＊

若是在飛行中，被大口徑心念雷射狙擊，就要躲開雷射，朝發射地點衝鋒，與Raker同時攻擊，將射手瞬殺。

春雪在心中描繪這樣的過程，但在他以全速飛行抵達九段下車站周邊的約十秒之間，並沒有雷射發射出來。

抵達黑雪公主與紫之王以心念破壞的高層大樓上空後，他急減速轉為懸停。楓子也停下推進器的噴射，所以春雪用左手抱住她的纖腰。

從上空看去，破壞的痕跡與武道館不同，只有一句嘆為觀止可以形容。多半是紫之王的心念電擊讓建築物幾乎熔解，再由黑雪公主的奪命擊整個挖空，眼前的光景，簡直像巨人拿著超大型的湯匙，把大樓上半部挖走了似的。

「……這座大樓，應該是千代田區公所吧。算是這裡的地標，所以應該比其他建築物要來得堅固……」

春雪一邊在斷垣殘壁中尋找敵人的身影，一邊喃喃說起，就連楓子也以透出敬畏的聲調小聲回答：

「要是被捲進這樣的攻擊，除非是綠之王（Grandee），不然應該是不會有救。可是，從這裡看去，沒有敵人的聲息，也沒有死亡標記存在……所有區公所都在一樓設有傳送門，所以說不定是從傳送門跑了。」

「如果是的話就麻煩了。一旦我們離開這裡，對方可能又會馬上連進來……」

「的確。只是，要先在現實世界醒來，然後用『無限超頻』指令再加速，不管多麼熟練，都得花上兩秒鐘。在這邊等於三十分鐘出頭，我們在森林裡待了五分鐘左右，所以算來敵人會有二十五分鐘回不來。」

「二十五分鐘……」

有辦法在這樣的時間裡，把同伴，不，是把所有參加會議的人都找齊，從傳送門逃脫嗎？春雪一邊想著這個問題，一邊就要將視線轉往右後方的武道館遺址——

這一瞬間。

「鴉同學！」

楓子的喊聲，又或者是思念，尖銳地響起。

幾乎就在同時，春雪的視野角落閃出一道紅紫色的光。

嗡一聲並不陌生的振動聲響中，兩道像絲一樣細的雷射光線射了過來。顏色和轟得武道館爆炸的超大口徑雷射一模一樣。

春雪反射性地全速往左側滑開，但未能完全躲過其中一道雷射，右翼的金屬翼片有一片被打穿。由於光束極細，只開出了一個約一公分大小的洞，體力計量表也幾乎並未減損，但機動力肯定微幅受到了削減。

但比起損傷，更重要的是……

「哪裡來的……！」

楓子以壓低的聲音，回答春雪的呼喊。

「沒能看到發射點。可是，下次我不會漏看。專心提防。」

「好……好的……！」

春雪點點頭，凝視剛才雷射射來的方向。

和不現身的射手比耐性的較量，持續了幾十秒，又或者是幾分鐘。然後……

「那裡！」

楓子突然呼喊，而她的手所指之處，不是最頂層被挖掉的千代田區公所大樓，而是蓋在北側道路對面的一棟差不多高的高層大樓。春雪拚命凝神觀看，但看不見敵人的身影。

「可是，我誰都……」

「沒看見」三個字尚未出口，又看到紅紫色的閃光閃出小小的十字形。

這次春雪也看見了。天台上本來多半是排風管的三根大型突起物所遮出的陰影裡，無聲冒出了虛擬角色的頭部。光源就來自裝備在這頭部，不，是裝備在帽子上的大型鏡片——

「放手！」

楓子的喊聲，與振動聲重疊。

嗡！

春雪對再度射出的兩道雷射並不閃避。他迅速往前伸出放開楓子腰部的左手，以及本來就空著的右手，以雙手的下臂部分抵擋。

即使是Silver Crow的銀鏡裝甲，也防禦不住集束性這麼高的雷射，但他身上有唯一一處例外，那就是內藏在下臂裝甲當中的導光水晶。這種曾經連梅丹佐第一型態的「三聖頌」都反射回去的水晶，擋住了集束雷射，改變了雷射的角度，往後方折射開。

緊接著楓子就像沿著雷射的殘像似的衝鋒。她將翻轉過來的疾風推進器以最大出力噴射，右腳直伸，朝射手逼近。

但射手已經漸漸沒入影子之中。來不及……

「喝啊啊！」

堅毅的呼喝聲迸發的同時，推進器微微改變了噴射角度。

楓子的右腳在空中往左轉，並不是踢向沉入影子的敵人，而是掃過更靠前的排風管。她一腳踢碎這三根從屋頂延伸出來，直徑多半有一公尺的風管，讓風管化為漆黑的影子消失。

就像被下壓到極限的彈簧床彈了出來似的。

不是一個，而是兩個人影，以劇烈的勢頭從影子消失的屋頂上被彈了出來，飛上空中。

一個是有著與雷射色調十分相似的紅紫色裝甲，戴著巨大菱形帽子的女性型虛擬角色；另一個則有著微微泛青的深灰色裝甲，戴著只露出一雙鏡頭眼的蒙面型面罩，是男性型虛擬角色。

不用仔細觀看細節，春雪也認知到他們兩個是誰。

是加速研究社的第二把交椅「四眼分析者」Argon Array。

以及自稱是Black Vise徒弟的忍者，操影師Shadow Croaker。

Argon背上淺淺插著一把綁有繩圈的棒狀手裡劍，也就是苦無，綁成繩圈的細索另一頭，則由Croaker握在左手。Black Vise要以特殊能力「潛影」將別人沉入影子裡時，是用薄板夾住，但看來他的徒弟Croaker則是透過用綁有繩索的苦無插上，就能夠發揮同樣的能力。

靠著Raker的臨機應變而從影子裡趕出來的兩人，已經在空中漸漸恢復平衡。至於Croaker，更是右手已經握住了新的棒狀手裡劍。

——不妙！

一旦影子被那種手裡劍刺中，就會受Croaker的心念「縛影（Shadow Tier）」所制，既無法動彈，也說不出話。而楓子破壞了排風管後，自己的影子鮮明地落在天台上。相信忍者應該會在楓子著地的瞬間，瞄準她腳下的影子而擲出手裡劍。接著再由Argon從極近距離，以雷射攻擊無法動彈的楓子。

剩下的時間還有三……不，是兩秒——

雖然並非轉移到了Highest Level，但春雪以接近這個境界的壓縮思考，評估了無數的選擇後，以〇．五秒決定了對應方針。

離Croaker的距離是五十公尺，唯一打得到的只有心念「雷射標槍（Laser Javelin）」，但這種心念發動起來比「雷射劍」或「雷射長槍」費時，終究來不及。然而，他另有一種只有在現在這個狀況下才有辦法進行的遠程攻擊。

春雪一瞬間視線往下，看清楚自己的影子落在Croaker等人所在的大樓南側牆上。他配合楓子下降的時機，先以全速上升了三公尺，然後急減速。

幾乎就在同時，Croaker在空中擲出手裡劍。楓子著地的瞬間，手裡劍精準地插在了她的腳下。

但就在零點一秒前，楓子的影子，被留在空中的春雪影子完全吞沒。

如果這麼一下，讓楓子與春雪兩個人都被定身，就是最壞的結果，但春雪確信不會變成這樣。因為心念說穿了就是透過想像來干涉系統，但要想像被Silver Crow的影子遮得亂七八糟的Sky Raker的影子，是不可能的。

就在手裡劍插上天台金屬地板的瞬間，春雪的全身僵硬得像是要散了，變得連一根手指頭都動不了。他頂下了本來應該發動在楓子身上的「縛影」效果，所以這是當然的結果。但這不成問題。

Silver Crow在空中定住，失去翅膀的推力而落下。這必然導致Crow的影子跟著移動，只剩棒狀手裡劍留在陽光下。

等春雪只花了短短一秒鐘就恢復身體的自由時，楓子也已經蹬地脫離了定身攻擊的有效範圍。她一步就跳到太陽與Croaker的延長線上，把自己的影子藏到背後，然後以腳尖為支點轉身，一口氣逼近。總算落到地上的忍者，也迅速從後腰拔出了忍刀。

「——斬！」

對手將入未入揮斬間距的瞬間，就使出的神速斬擊。

「哼！」

楓子在尖銳的呼氣聲中，以右手手刀格擋。

那把忍刀極為鋒銳，曾經一刀斬斷春雪的右腳。Sky Raker雖然屬於藍色系，卻絕非重裝型，手臂當場被砍斷也不稀奇。

然而——

發出鏗一聲尖銳的金屬聲響而高高飛起的，不是楓子的右手，而是從根部被折斷的忍刀刀刃。這結果終究超出了忍者的預料，讓他的動作有了短短一瞬間的停滯。

這個破綻對「鐵腕」Raker來說，已經太足夠了。

楓子以流水般流暢的動作欺進內門，左掌輕輕貼上忍者胸口正中央。

「喝！」

一聲比先前更劇烈的呼喝聲。

楓子高跟鞋下的金屬地板呈放射狀龜裂，而Shadow Croaker也不是胸口，而是背上的裝甲像是從內部爆炸似的碎裂四散。忍者當場雙膝落地，楓子的雙手從左右輕柔地捧住他的頭。

磅一聲高亢的爆裂聲響起的同時，連忍者的面罩與頭盔都當場粉碎，接著全身籠罩在黑藍色的火焰中瓦解。火焰立刻蒸發，只剩深藍色的死亡標記留下。

昨天春雪與千百合、Trilead Tetraoxide，合三人之力才總算擊破Shadow Crocker，楓子卻只用兩招就要了他的命，功力之精湛實在可怕。想來這多半是楓子所說的特殊能力「滲透打法」的效果，但具體來說到底是以什麼樣的邏輯運作，春雪完全無從想像。

對於Raker與Croaker的攻防，Argon Array與春雪也並非只是袖手旁觀。

Argon試圖以雷射攻擊躲過「縛影」的Raker，但這時春雪也已經為了阻止她發射而展開衝鋒。

Argon Array的帽子與護目鏡所發射的雷射，最短也需要三秒鐘的時間來充填能量。也就是說，只要有覺悟硬吃春雪一擊，她就有辦法攻擊楓子，但Argon停止發射，往後跳開一大步。而春雪也早以確信Argon會這麼做。因為犧牲自己來幫助同伴的行動，並不存在於「分析者」的主義之中

春雪一邊將楓子與忍者戰鬥的結果捕捉在視野右端，一邊在天台幾乎正中央處著地，雙手舉在身前。相對的，Argon則後退到西北角落，雙手無力地下垂。

無言的對峙只持續了兩秒鐘。打倒了Shadow Croaker的楓子一站到春雪身旁，Argon就重重嘆了一口氣。

「唉……所以我才說小V講什麼『這工作很簡單，射一射再逃走就好』，根本不能信。」

她右手繞到背後，拔去綁有繩圈的苦無後，往Croaker的死亡標記附近一扔。接著雙手扠腰，再度刻意地嘆了一口氣。

「唉……我說啊，我想再發射一次剛才把武道館燒成灰的雷射，結果得充電一小時才行。我已經沒有這種時間，而且忍者小弟弟也死了，讓我就這麼從傳送門回去，好不好？」

「師父，不可以聽她說話。」

春雪過去多次被Argon Array的言語所惑，滿懷想摀住耳朵的衝動，對楓子輕聲警告。

「我明白，我們就在這裡打倒她。鴉同學以截斷她的退路為最優先。」

「好的。還有，請小心幻惑攻擊。」

以前他和Aqua Current聯手，試圖打倒Argon Array時，就被她用從四個鏡頭發出強烈光芒的一種叫作「Razzle Dazzle」的招式給癱瘓了視力，就這麼被她給跑了。春雪不想重蹈覆轍而說出這句話，Argon就在護目鏡下露出了苦笑。

「好討厭喔，人家好多張底牌都已經被小弟弟給看過了。沒辦法，就努力逃走吧……」

她仍然雙手扠腰，背靠上圍住天台外圍的金屬欄杆。

Argon Array就這麼往後一仰，身體後翻。分析者就像被她的那頂大帽子往下拉似的，連欄杆外的矮牆都越過，從春雪的視野中消失。

「掉下去了……！」

春雪倒抽一口氣，反射性地蹬地而起，張開翅膀，就要從天台飛出去的瞬間——

「停！」

楓子在背後這麼呼喊，他趕緊雙手抓住正要翻越的欄杆，緊急煞車。就在身體好不容易停住的瞬間，兩道雷射從下方發射過來，幾乎掠過春雪的頭盔。如果剛才就這麼衝了出去，相信頭部已經被射穿。

春雪心想這次該衝了，再度想翻越欄杆，身體卻被楓子用力往後一拉。又是兩道雷射從眼前掃過，留下焦臭味射在上方的雲上。

「…………」

春雪兩秒鐘內兩次差點沒命，腳跨在欄杆上動彈不得。但楓子輕輕在他背上一拍，喊了一聲：

「去吧！」

於是他心想事不過三，身體躍上空中，張開翅膀，往正下方俯衝。

Argon以時間差分別射出帽子雷射與眼球雷射，已經自由落下超過五十公尺。在二〇四〇年代重新蓋過的千代田區公所大樓，有一百八十公尺高，從這棟高度幾乎一樣的大樓摔下去，即使是高等級玩家，應該也免不了一死，但他不知道Argon Array還有什麼底牌。

要在她落到地面前，以全力俯衝下踢解決——！

春雪下了這樣的決心，把光的想像集中到翅膀上。

「『光速……翼』——！」

咆哮化為銀色的過剩光，耀眼的光芒籠罩住受到部分損傷的金屬翼片。春雪將伸出的右腳腳尖化為槍尖，以相當於自由落體十倍以上的速度，朝著Argon衝刺。

在透過加速感覺拉長的時間中，Argon也喊出了招式名稱。

「『無限陣列（Infinite Array）』！」

分析者的全身，都被一種鮮豔得令人毛骨悚然的紫羅蘭色過剩光所籠罩。

這些光芒收斂為井然有序的點陣，在Argon的裝甲表面創造出無數的小型鏡頭。這些想來應該超過一百顆，又有些像是眼球的鏡頭內，也都宿有紫色的光芒。

這是春雪第一次親眼看到Argon Array的心念，但這招對他而言並非未知。在永恆女學院的決戰中，因這招而受到重創的Blood Leopard，就把詳細的情報告訴了他。

Pard小姐說，Argon的「無限陣列」完全沒有死角。說這招以攻擊型心念來說幾乎完美無缺，而且強得離譜。所以，即使繞到背後或腳下，也不可能閃開。從全身鏡頭全方位發射的集束雷射，將會射穿四周的一切。

若說這招有死角，那並不存在於Argon的外側，而是在內側，只存在於她心中。Pard小姐對春雪這麼說。

考慮到招式性質，實際會命中的雷射，是與敵人愈接近就愈多。所以Argon會在下意識中，試圖儘可能引敵人接近。尤其春雪有著能夠反射光線的「光學傳導」特殊能力，所以她應該會想對春雪射出多得靠兩隻手應付不完的雷射。這當中就有著些許可乘之機。

春雪以光速翼俯衝，急速拉近與全身製造出小型鏡頭的Argon之間的距離。十公尺、七公尺、五公尺……然而Argon仍不試圖發射必殺的全方位雷射。四公尺、三公尺……兩公尺。

無數鏡頭所蘊含的光，終於發出十字形的光芒。

幾乎就在同時，春雪呼喚了與他建立了情誼的大天使所借給他的翅膀。

「著裝！梅丹佐之翼（Metatron Wing）！」

這聲呼喊，並非實際從春雪口中發出，而是以不到一眨眼時光的思念發出。換成是一般的強化外裝，BB系統多半不會承認這是語音指令，也就無法召喚。但梅丹佐之翼是透過他與大天使的連結而與系統相連，這個連結並不需要虛擬角色實際發出聲音。

春雪的背上，出現了新的一對白色翅膀。

先前連超級公敵四神朱雀的瞬殺圈都擺脫在後的超絕推力，瞬間將俯衝速度拉高到兩倍以上。

春雪的速度，超越了Argon以身經百戰磨練出來的知覺力嚴密計算出來的發射時機，讓他白熾的腳尖，比即將發射的無數雷射快了〇·〇〇〇〇……一秒，貫穿了Argon的軀幹。

……唉，所以我才說這次我不想來啊。

就在春雪剛覺得聽見這麼一句牢騷之後，緊接著……

Argon Array，這位過去無論被逼得多麼無路可逃，都總是輕鬆逃脫的虛擬角色終於化為無數碎片，呈環狀四散。

——贏了！

春雪以四片翅膀減速之餘，內心這麼呼喊。

朝上空一看，紅紫色的死亡標記，正拖著粒子尾巴緩緩下降。然而，現在不是歡呼的時候。這裡是無限制中立空間，所以只是唯一一次勝利，Argon只是失去了應該大量囤積的超頻點數當中的少少幾點。要高興，也要等所有參加會議的人，都從Black Vise所設下的陷阱平安逃脫之後，再來高興。

但這樣一來，至少一小時——不，如果相信Argon的說明，那麼至少兩小時內，都不會再受到大口徑雷射攻擊。只要趁這個空檔集合所有人，從千代田區公所一樓的傳送門，回到現實世界就行了。

只是話說回來。

Black Vise把七王會議的參加者，都拖進無限制中立空間，用雷射攻擊他們……他真的認為這樣就能收拾眼前的事態嗎？

無論Argon Array的集氣攻擊威力多麼強大，要一擊瞬殺六個王，終究是痴人說夢。而且即使成功，也就和剛才死掉的Argon一樣，或是更有甚之，就只是減少少許的點數而已。無論六王復活後就會殺死Argon與Vise，或是即使不殺，等回到現實世界後，應該也立刻就會對白之團展開總攻擊。既然承認Ivory Tower就是Black Vise，震盪宇宙就是加速研究社，那麼任誰也無法推翻這個結果……

春雪想著這樣的念頭，總算把下降速度削減完，在地上二十公尺高度懸停，將視線轉向南方的武道館。緊接著立刻小聲驚呼。

「…………！」

比化為巨大凹洞的武道館更南邊，有著許多美術館與博物館的區域裡，有著好幾個巨大的輪廓在蠢蠢欲動。從那大小看來，多半是巨獸級公敵。

緊接著，竄起無數道黑煙的凹洞正中央，高高噴起了顏色他並不陌生的死亡特效。

＊＊＊

一衝出金屬樹林，志帆子就對五隻巧克人下令：

「往那邊分散，去找超頻連線者！找到了就帶來找我！」

這些臉上浮現出花朵般標記的巧克力人偶點了點頭，散開跑向北之丸公園西南方的一片金屬樹林。它們不會接受太複雜的命令，但搜索和歸還應該還勉強辦得到。

等到看不見巧克人的身影，她再度抬頭看向東方的高層大樓。雖然看不見戰鬥發出的光，但Silver Crow與Sky Raker應該正在那兒，和先前射出極大威力雷射的對手對峙。

Chocolat Puppeteer的巧克力色裝甲，和巧克人不一樣，並不是真正的巧克力，但有著接近的性質。由於有著高度的平滑性與吸收衝擊的能力，抗打擊的能力很強，但非常怕高熱。如果是一發就足以破壞煉獄屬性大型建築物的雷射砲，只要微微掠過，難保裝甲不會因此融化。

所以，即使有手段可以同行，去了也豈止幫助不了Crow與Raker，反而會礙手礙腳。對戰虛擬角色有千千萬萬種，各有各自適合發揮的地方，這點她也很清楚，然而──待在萬能型角色很多的黑暗星雲裡，就是會讓她動輒痛切體認到自己的無力。

黑雪公主對志帆子說了「該妳出場了」，而巧克人多半也會在搜索中派上用場，但超頻連線者的本分仍然是戰鬥。因為不管怎麼說，BRAIN BURST都是一款對戰格鬥遊戲。

──我想變得更強。

──要怎麼做才能變強呢？

志帆子正抬頭看著大樓，想著這樣的念頭，就聽到紅之王在近處說話的聲音：

「好，我們也去武道館看看吧，說不定有人跑回來了。」

「也對……」

黑雪公主點點頭，注視東南方距離約有一百公尺遠的爆炸中心。志帆子也順著她犀利的視線看去。

即使在煉獄空間中，仍顯得威風堂堂的日本武道館，已經連昔日的影子都沒有了。雖然還留有一部分外牆，但八邊形的大屋頂，以及頂上的洋蔥，都已經不翼而飛，內部更成了焦黑的大凹洞。這種怎麼看都不覺得是一個超頻連線者所引發的大毀滅，多半就是出於志帆子她們

Petit Paquet組還只聽過名稱的心念系統吧。

「……雖然很想知道Ivory Tower和Wolfram Cerberus怎麼樣了，但我們得在Crow他們結束戰鬥之前，就把所有人集合完畢才行啊。好，我們走吧。」

黑之王開始浮遊移動，把紅之王揹在背上的Blood Leopard與紫之王跟上。志帆子和Lime Bell並肩跑在更後面，小聲對她問起：

「噯，Bell。」

Lime Bell／倉嶋千百合看著志帆子解除了千金小姐模式的臉，眨了眨大大的鏡頭眼。

「什麼事啊，Choco？」

「呃……Bell妳，想不想練習心念……？」

「唔唔，心念啊～～」

Lime Bell發出像是說笑的聲音，但志帆子注意到她面罩上有著淡淡的陰影。

「……我覺得遲早得學會。可是……我有點害怕。」

「害怕……」

「嗯……我，雖然用的不是攻擊招式，但以前我曾經用過一次心念。」

Lime Bell輕聲說出的心聲，讓志帆子睜大了雙眼。她滿心想問下去，但這時帶頭的黑雪公主停止前進，轉過身來。

「進去裡面以後，對全方位都不能疏於戒備。因為我實在不覺得Ivory他們會死在那次雷射攻擊下。」

「我當然知道。」

Purple Thorn以終究難免緊繃的聲音回答，志帆子與千百合也點點頭。

「對不起喔，Choco，接下來的部分我們晚點再說。」

「嗯，我才不好意思，這種時候提這個……」

兩人很快地互相道歉，切換心情。

她們六個人眼前，斷斷續續有著邊緣熔解得不成原樣，到處焦黑的外牆殘骸。在近處一看，更令人不得不為這雷射的威力而戰慄，但幾個王倒也並不顯得震撼，從外牆完全崩塌的缺口往內部前進。志帆子與Lime Bell也一邊警戒背後，一邊跟上。

繞過前方出現的一些形狀被燒得像是墓標似的鐵柱，來到十幾分鐘前還在召開七王會議的競技場一看，志帆子當場呆住。

只能用爆炸中心這個字眼來形容。直徑多半有六十到七十公尺的大空間地板完全熔毀，連號稱不可能破壞的地面都被挖成凹洞形。上頭堆了多半是屋頂與觀眾席殘骸的斷垣殘壁，裡頭似乎還有火在燒，冒出好幾道黑煙。

「……似乎一個死亡標記也沒有啊。」

聽紫之王說起，她趕緊環顧整個大凹洞，發現的確並未看到標記。

「對喔，死亡標記上面堆了土石之類的情形，會變成怎樣？」

紅之王問出疑問，黑之王回答：

「如果有空間可以復活，就會維持原樣。如果完全填滿，標記就會移動到障礙物上方。」

「哦……這麼說來，只要堆土石壓實，死亡標記就會一直往上挪了……」

「如果Knight或Grandee死了，倒也可以試試看，但看樣子他們是從那場爆炸中活下來了。可是，這麼一來，到底人在哪裡……」

「噓。」

這時低聲要眾人安靜的，是把紅之王載在背上的Blood Leopard。她三角形的耳朵左右動了動，像是要聽取細小的聲響。

「……聽得見人聲。」

Leopard這麼一說，用四隻腳開始走動，其餘四人也趕緊跟上。豹型虛擬角色走了一會兒，來到凹洞南側，堆得格外高的一堆土石前停下腳步。

眾人閉上嘴，仔細傾聽。結果腳下的確傳來細小的說話聲——

「喂～救我們出來啊。」

「……Knight……？」

黑之王與紫之王對看一眼，朝眼前的土石堆看了一會兒，各自舉起了劍與杖。志帆子一慌，心想她們該不會想用必殺技轟掉土石……但所幸並非如此。

「喝！」

黑雪公主雙手劍以快得只剩殘像的速度閃動，將金屬板或柱子切成小塊。紫之王把錫杖當鏟子似的揮動，將土石往左右掃飛。

兩個王合作起來意外地有默契，轉眼間就把需要仰望的土石堆剷低。就在覺得快要看得見地板的時候。

「可以了。」

聽見比先前更清楚的說話聲，黑雪公主與紫之王後退，緊接著剩下的土石就像從內部爆炸似的翻開。從地上空出的巨大洞穴裡現身的，是藍之王Blue Knight與綠之王Green Grandee。

「哎呀～抱歉抱歉，讓妳們費事了。」

Blue Knight大大伸著懶腰道謝，他身上的鎧甲滿是刮傷，背上的披風也被撕扯得破破爛爛。Green Grandee損傷雖少，但裝甲上的焦痕比藍之王多，右手拿著的大型盾牌，更是有一半熔毀。

「……你們能活下來還真有一套，不過……為什麼會埋在這樣的洞裡？」

聽Purple Thorn問起，Knight有些難為情地似的，搔了搔有角的頭盔。

「沒有啦……那個有夠粗的雷射本身，是有阿綠幫我用盾牌擋住沒錯。可是周圍都成了灼熱地獄，而且上頭又有屋頂牆壁之類的東西掉下來，我才剛想說這下不妙，阿綠就用『加倍奉還』在地上打出了一個大洞，所以我也來不及想什麼就撲了進去。」

綠之王Green Grandee持有的神器——十字盾「The Strife」的特殊能力「加倍奉還（Double Payback）」，志帆子也聽團員說過。無論遇到什麼樣的攻擊，只要能夠完全擋下，就能把威力加倍再反射回去。相信綠之王就是將這攻防一體的力量，用來轟出了一個躲避火焰與瓦礫的避難所，而不是拿去反擊看不見人在哪兒的射手。

「然後，好不容易活下來是很好，但上面堆了一大堆土石。身體被固定在奇怪的姿勢，就算想推開也使不上力，想拔劍也碰不到劍柄……真的多虧你們來救。」

「也就是說，擋下雷射跟挖洞的都是Grandee大叔，搬開土石的是Lotus和Thorn……只有你一個人什麼也沒做嘛。」

聽到Scarlet Rain毫不留情的吐嘈，藍之王雙手一攤表示冤枉。

「不不不，如果動用心念，我三秒鐘就可以逃脫啦。可是，如果把公敵吸引過來，不就會很麻煩嗎？我就是相信一定會有人解決雷射砲手之後再回來，所以留在裡面等啊……等等，那個很粗的雷射砲是誰去幹掉的？」

「不，還沒幹掉。」

「啥?」

「我們團的Raker和Crow正在對付。」

黑雪公主這麼回答，抬頭瞥向東方的天空。由於被外牆的殘骸擋住，無法直接看到，但相信就在現在這一瞬間，他們兩人正在九段下車站周邊的高層大樓上，和雷射射手展開戰鬥。

「喂……喂喂，這也就是說，如果他們兩個被幹掉，我們不就又會被那種雷射轟了?」

藍之王說得慌張，黑之王則斬釘截鐵地斷定。

「不會，他們兩個一定會打倒雷射射手。所以我們的工作，就是趁Ivory再玩起其他把戲之前，和所有參加會議的人會合，移動到傳送門。」

「……也對啊。」

就在Blue Knight點點頭，正要說話的時候。

「老大——!」一個粗豪的男性嗓音……

「團長!」以及一個沙啞的女性嗓音，迴盪在凹洞內。眾人迅速往南一看，好幾名對戰虛擬角色正從外牆的缺口跑過來。

是綠之團的Iron Pound與Suntan Chafer、紫之團的Aster Vine。以及這個狀況下仍然踩在平衡球上的黃之團Lemon Pierrette。

他們四人身後，還可以看到四隻巧克人笨手笨腳地跑來。看來它們確實依照志帆子的命令，一隻帶了一個人來到這裡。就不知道剩下的一隻是不是還在搜索。

「哦？那些人偶，是叫巧克人嗎？還挺優秀的嘛。」

紫之王喃喃說到這裡，突然靠近志帆子，小聲對她說：

「妳啊，他們在黑暗星雲對妳好嗎？如果有什麼不滿，隨時……」

「喂，那邊！不要趁兵荒馬亂，偷偷挖角我們團的明日之星！」

黑雪公主替僵住的志帆子大喊，但紫之王老實不客氣地把「跟我聯絡」這句話說完，才回到原來的位置。

對跑過來的Iron Pound說話的不是綠之王，而是藍之王。

「你們幾個，跑到哪裡去啦？那雷射的確是很不得了啦，但你們好歹也是七大，不對，是六大軍團的幹部……」

Green Grandee就在身旁，Blue Knight卻對綠之團的團員訓話，這種膽識或者該說厚臉皮，讓志帆子大感佩服，Pound就以猛烈的速度搖頭。

「不……不是，我們不是逃走……」

「——是公敵啊，軍團長！」

喊出這句話的，是將繞成圈的鞭子拿在手上的紫之王副官Aster Vine。

「看樣子那道雷射果然是第二階段以上的心念。公敵被心念吸引，從南邊接二連三聚集過來……一開始靠近過來的小獸級是勉強擊破了，但還有野獸級和巨獸級也都正在接近！」

對Vine的這番報告……

「正～在接～近～！」

Lemon Pierrette複誦的嗓音裡，也不由得透出了焦躁。她趕緊仔細一聽，的確覺得微微聽見沉重的腳步聲。

無限制中立空間的開闊空間──寬廣的公園或學校的校庭，常常是公敵的巢穴。志帆子、結芽與聖實遇到寵物小克，也是在櫻見國中的校庭。這北之丸公園的南部，以及東南方相鄰的東御苑與皇居外苑，應該也有許多大小公敵棲息，相信就是這些公敵嗅到心念的氣味，紛紛往北移動過來。

「公敵啊……──這就是Ivory Tower，不，是Black Vise的企圖嗎……？」

聽到Black Lotus的沉吟，Scarlet Rain啐了一聲呼應。

「竟然是搞無限ＥＫ，的確像是那個塑膠板傢伙會想的主意啊……這麼說來，Vise和Cerberus應該已經跑掉了吧……」

但深紅的豹立刻從紅之王底下發出冷靜的聲音：

「ＮＰ。照這個陣容，到巨獸級程度都有辦法突破。」

沒錯。多半就如她所說。

對於剛升上5級的志帆子而言，巨獸級是不用說了，就連野獸級，也是她獨自一人完全應付不來的超強敵，但現場有五個王和他們的副官在。尤其記得藍之王Blue Knight，更有著連神獸級都曾獨自擊破的傳說。

「不用擔心，Vine，之後就交給我們。」

紫之王這麼回應，走向Aster Vine身邊，用左手拍拍她的背表示慰勞。

「等藍團的雙劍和黑團（黑暗星雲）的Alpha小隊會合，我們就突破公敵的包圍，從最近的傳送門脫身。妳很努力呢。」

「哪裡……下官什麼都……什麼都做不到……」

Aster Vine感動已極的沙啞嗓音，被東側傳來的新的呼喊蓋了過去。

「王！您還平安嘛！」

「屬下來遲，慚愧！」

從外牆缺口現身的，是Cobalt Blade與Mangan Blade。多半是在途中被追過了吧，她們身後還可以看到第五隻巧克人。

「好，這下到齊了啊。再來就只剩下Crow和Raker了。」

黑雪公主說完，再度仰望東方的天空。

就在這一瞬間，一棟高層大樓的側面，有鮮豔的紫色光線呈輻射狀散發而出。大樓牆上發生無數的小爆炸，過了一會兒，地面與附近的大樓也跟著發生了爆炸。

「那是……Argon的『無限陣列』。」

Leopard喃喃說道。

「妳說Argon……竟然是『四眼(Quad Eyes)』喔？」

Iron Pound發出驚呼。包括跑過來的Cobalt與Mangan在內，在場所有人的意識，都轉往遠方的大樓——彷彿就是看準了他們這一瞬間的空檔。

毀壞嚴重的凹洞南側，靜靜佇立著燒剩的小小外牆牆板。這個對戰虛擬角色，就從牆板底下的影子裡，無聲無息地冒了出來。

是個有著灰色金屬裝甲與狼頭面罩的小型金屬色虛擬角色。這是她第一次親眼目擊，但名字她已經知道。Wolfram Cerberus……大約在一個月前出現在加速世界，明明只有1級，卻以中野第二戰區為中心，打出壓倒性勝率的對戰天才。

接著，她聽見了在昨天的領土戰之中也聽到過的那個有點像是學校老師的聲音。

「Cerberus Number One Activate。」

灰色虛擬角色低垂的臉上，亮起了深紅色的光軌。

喀的一聲響，面罩上下開啟。呈狼牙般的鋸齒狀，寬約三公分左右的護目鏡下，看不到眼睛的光。然而志帆子以前曾經在別處看過的深紅色光芒，卻在裡頭翻騰。

「小心……」

她不知道這句話是誰喊出來的。

Cerberus背上長出的四根尖銳突起，迸發出純粹黑暗似的黑色火焰，矮小的虛擬角色瞬間從志帆子的視野中消失。她身為格鬥型角色，明明有在鍛鍊動態視力，卻連殘像都捕捉不到。

啪嘰一聲非常令人不舒服的聲響從左側傳來，志帆子轉過頭去。

她看見的，是右手握住刀柄，準備拔出左腰佩刀的Mangan Blade，以及同樣正要拔刀，但右手停在刀柄前的Cobalt Blade的身體。她的身上，沒有頭部。

很有女性型角色風格的纖細頸子，被殘忍地硬生生扯斷，斷面噴出的血色傷害特效，在空中拖出長長的尾巴——而在更左側離了將近十公尺遠的地方停下的Cerberus，右手抓著Cobalt Blade那有著兩根角裝飾的頭部。

彷彿連ＢＢ系統也掌握不住發生了什麼事，過了兩秒鐘左右，Cobalt Blade的身體與頭部，才籠罩在鮮豔的橘色火焰中，粉碎四散。死亡標記是出現在身體所在的位置。

Cerberus鉤爪狀的手指上還留著藍色火焰的殘渣，站起身來。

「你……你這小子！！！！」

Mangan看到姊姊就在自己眼前被扯下首級，以強烈得讓凹洞地板上土石堆震動的音量，迸發出了怒吼。

她拖出尖銳的鞘聲拔刀，舉在上段，蹬地而起。Cerberus以沒有人味的動作把頭往右轉，也不動用背上的推進器，和Mangan一樣蹬地前衝。

這次志帆子總算也看清楚了。Mangan Blade的斬擊，速度快得讓刀身融為淡藍色的殘像，但Cerberus的反應卻甚至讓人覺得他行有餘力。

他左手一伸，從旁抓住朝他頭部下劈的刀刃。志帆子看到了幻象，看到他的拇指被切斷，頭被刀身劈成兩半。然而——

鏗一聲金屬聲響，讓凹洞內的空氣都受到壓縮。Mangan Blade的刀在空中靜止不動，Cerberus的手隨手就抓在刀身半截處。之所以會發出狀似壓縮的聲響，是因為刀刃就要斬斷Cerberus的手指——

並非如此。哀嚎般的聲響再度發出，刀身半截處粉碎四散。

「……！」

女武者掩飾不住驚愕，Cerberus朝她的腹部抬腿就是一腳。孔雀藍的裝甲也和刀身一樣，輕而易舉地遭到粉碎，Mangan的身體直線飛起，撞在後方的土石堆上，一動也不動了。

看來她總算並未當場斃命，但即使是在無限制中立空間戰鬥經驗很少的志帆子，也能確信她的體力計量表已經幾乎耗光。Cerberus似乎想給她最後一擊，凝視著她壓低姿勢。背上的推進器發出唰的一聲張開。

但他並未進行衝刺。

轟的一聲巨響，Cerberus的眼前塵土飛揚。不是砲擊或轟炸。是有東西……有人從上空俯衝下來，在幾乎碰到凹洞地面時，才進行逆噴射減速。

就在北風吹開煙塵的瞬間，志帆子把眼睛瞪得老大。

在灰色金屬色虛擬角色身前單膝跪地的，是大大張開兩對四片翅膀的，白銀色金屬色虛擬角色。

「……小春……」

千百合在志帆子身旁，以只有她們兩人聽得見的聲音，喃喃叫出這個名字。

5

春雪發現Cobalt Blade的死亡標記，從千代田區公所北側的大樓，一路飛到武道館遺址所在的凹洞，最後著地，應該還花不到十秒鐘。

但就在這十秒鐘裡，連Mangan Blade也被擊破，陷入瀕死狀態。春雪拚命按捺心中的憤怒、焦躁、不安、不解，以及許多其他情緒，對眼前的金屬色角色說話：

「Cerberus……聽得見我說話嗎，Cerberus？」

沒有回答。

右肩的裝甲關閉，臉部的護目鏡開啟，所以現在外顯的人格應該是「一號」——那位最先遇到春雪，也對戰過好幾次的少年。然而護目鏡裡只看見紅褐色的光在翻騰，感覺不出超頻連線者的意志。

春雪知道這種光是什麼東西。

是透過散播出去的無數ＩＳＳ套件，累積到位於東京中城大樓的「本體」之中的，負面心念的精華。

本體已經被黑雪公主與四大元素破壞，但心念能量本身則被傳送到加速研究社的大本營，注入從仁子身上搶來的強化外裝，創造出了災禍之鎧MarkⅡ。巨大身軀媲美巨獸級公敵的MarkⅡ，被Lime Bell以香櫞鐘聲分離、還原，唯有推進器零件未能搶回，和裝備者Cerberus一起消失無蹤。

站在眼前的Cerberus背上所伸出的四根突起，就是無敵號的推進器變化而成的模樣。災禍之鎧MarkⅡ的心念能量，還留在這推進器當中。也就是說，和初代災禍之鎧作為媒介的強化外裝「The Disaster」同質——但內涵的黑暗潛力多半遠遠超乎其上。

Cerberus的心，就像成了第五代Chrome Disaster的Cherry Rook那樣，受到鎧甲支配。看到他對Cobalt與Mangan姊妹攻擊時，那種機械般的冷酷，也只能如此判斷。因為春雪剛認識的Cerberus，就是個真正的超頻連線者，永遠不會忘了對對手保持敬意。

即使有了這樣的認知，春雪還是不由得反覆呼喚。

「我求求你，回答我啊，Cerberus。」

充滿在護目鏡下的光，有那麼一瞬間增加了亮度。

「Cerbe……」

對於這記啵一聲撕裂空氣揮出的神速右直拳，能夠以雙手去格擋，幾乎可說是奇蹟。或許是因為與Argon Array那場極限戰鬥之下激發的知覺加速尚未解除，讓他得以看出Cerberus微妙的重心移動。

然而，擋或不擋，結果或許都是一樣。

鎢鋼的拳頭接觸到的瞬間，Silver Crow雙手的金屬裝甲，連著內藏的導光水晶，都被當場擊得粉碎。就像被體型最大的公敵衝撞似的，傳來一陣劇烈衝擊。別說站在原地，春雪甚至無法張開背上的翅膀，整個人直線飛出，猛力撞在競技場南側的土石堆上。視野左上方的體力計量表一口氣降到破半，染成黃色。

物理的衝擊，以及拚命的呼喚完全沒能讓Cerberus聽進去的精神衝擊，讓春雪整個人呈大字形躺在那兒，茫然瞪大了雙眼。Cerberus似乎想乘勝追擊，一步步慢慢走近。

「Crow，快逃……」

聽到這沙啞的喊聲，勉力轉動視線看去，看見Mangan Blade橫在離了大約三公尺的地方。原本亮澤的和風鎧甲嚴重破損，而且從土石堆裡突出的鋼骨貫穿了腹部。如果有刀，應該可以切斷鋼骨脫身，但春雪在飛行中，就看到她的刀已經被Cerberus空手擊碎。

Mangan現在承受的痛苦，應該與在現實世界中受到同樣的傷無異。實在不能就這麼置之不理。

春雪正要起身，視野角落就看到Cerberus身體前傾，張開了背上的推進器。從靜止狀態的一記拳擊，就讓他受到體力計量表減半的傷害，實在不可能承受得住衝刺攻擊。只能想辦法躲

開，並將Mangan的身體從鋼骨上拔出來，再逃往上空……

「傻子，快走……」

Mangan再度難受地說話，春雪無視她這句話，拚命想挪動身體過去，就在這個時候。

就和先前的Mangan一樣，但這次換Cerberus被撞得直線飛出。

晚了一步，才有金屬質的爆響與藍光，打在春雪的全身。

以肩撞的姿勢，停在前一秒Cerberus所站的位置不動的，是個身披純粹寶石藍重裝甲的騎士型虛擬角色。

「藍之……王……」

「劍聖（Vanquish）」Blue Knight似乎聽見春雪沙啞的聲音，一瞬間將剛毅的面罩往右一轉，對春雪輕輕點頭。隨即轉回正面瞪視前方，拔出了又長又大的雙手劍。

即使撞在正前方離了二十公尺以上的外牆底下，Wolfram Cerberus仍若無其事地站起。全身的鎢鋼裝甲完全無傷，護目鏡的縫隙間，水平發出深紅色的光芒。

藍衣騎士與灰色的狼，相互瞪視了好一會兒，像是在估量彼此的實力。雙方的資料壓高漲，讓廢墟中的空氣開始帶電。

「Crow，站得起來嗎？」

忽然間從身後聽見熟悉的嗓音，從刀刃變化而成的苗條手臂，扶起了春雪的身體。春雪好不容易站起，把自己的手放到支撐他右腰的手上，只輕聲回了一句話：

「……學姊……」

「你做得很好了，之後就交給我們。」

黑雪公主以溫和但堅毅的聲調這麼說完，將春雪交給從背後探頭的Lime Bell。仁子以帶有過剩光的手刀，就像切奶油似的切斷貫穿Mangan Blade軀幹的鋼骨，把負傷的女武士放到Pard小姐背上。

「真是的，老是逞強……」

聽千百合發起牢騷，春雪回了一聲「抱歉」，又看了黑雪公主一眼。

「這個，學姊，Cerberus他……」

「我明白。我會想辦法試試看有沒有辦法把強化外裝從他身上分離出來。Crow，你的工作也還沒結束……要好好保護Bell。」

「好……好的！」

春雪先點了點頭，然後以最低限度的音量補充說：

「還有，Ivory Tower……不，是Black Vise，應該還躲在這附近的影子裡。請學姊也小心防範他。」

「唔。要是他從影子裡出來，我馬上解決他。」

黑雪公主輕聲回應，朝凹洞正中央看了一眼。

緊繃到極限的均衡，彷彿被她的視線打破。

對峙的Blue Knight與Wolfram Cerberus，同時蹬地而起。

藍之王的衝刺，快得讓已經解除知覺加速狀態的春許完全捕捉不到。他高大的身軀化為一股寶石藍的流線而消失，緊接著又是一聲轟然巨響。

藍之王出現在往右移動十公尺的地點，雙手劍下揮到一半。

擋下巨大劍刃的，是Cerberus和先前的春雪一樣牢牢交叉的雙手。但不同於春雪，灰色的重金屬裝甲沒有一道裂痕。他完全擋住了藍之王從超高速衝刺下使出的上段斬。

「竟然擋住那一下……」

這聲喃喃自語，是不知不覺間站到了黑雪公主左邊的紫之王所發。

藍之王的雙手劍，七星外裝（Seven Arcs）的第一星（Alpha），「天樞」The Impulse。與Trilead Tetraoxide的直刀The Infinity、Graphite的雙劍Lux & Umbra，都是加速世界中最強的劍。

Cerberus的鎢鋼裝甲再怎麼硬，無傷擋下王以神器使出的全力攻擊，實在太不尋常。多半還是有超高等級的負面心念，讓Cerberus的所有能力都飛躍性地提升。就像以前的Chrome Disaster那樣。

藍之王渾身解數的一劍被擋下，但他彷彿要將對方交叉的雙臂一起斬斷，以力氣與自身體重持續壓迫。刀刃與裝甲的接觸點斷斷續續地濺出橘色的火花，Cerberus的腳漸漸陷入土石堆。

Cerberus屬於完全的格鬥型，沒有遠程攻擊或擾敵手段，一旦被逼到這種態勢，除非把劍推回去，否則應該無法逃脫或反擊。而單純較量力氣，似乎是藍之王占優勢。

——了不起啊。

忽然間聽到背後傳來這麼一句話，春雪的視線仍被這場世紀對決吸引住，點了點頭回答：

「是啊……藍之王真有一套……」

——不不不，我是說他。

這流暢而平板的聲調中，透出了些許的興奮。

——對上Knight同學還能一步也不退，完成的水準超乎我們的期待。看這樣子，再一直用編號稱呼，他就太可憐了……還是好好給他一個新的名字吧。就叫「Wolfram Disaster」……如何？

聽到這裡，春雪才總算發現說話的人既然不是黑暗星雲的同伴，也不是其他會議參加者。

他迅速環顧四周，同時呼喊：

「在哪裡……！」

結果扶著他的千百合猛然轉頭：

「怎……怎麼了？」

「……剛剛，Black Vise說話了……」

「咦……我沒聽到啊？」

「……？」

春雪大感驚愕，但看來在附近觀望戰鬥的黑雪公主與仁子他們也都沒聽見。然而這不可能會是幻覺。Wolfram Disaster這個不祥的名字，深深透進腦海中，揮之不去。

「Cerberus……」

春雪握緊了右拳，再度輕聲呼喚朋友的名字。

以往的春雪，之所以將現狀下的Cerberus稱為「災禍之鎧MarkⅡ」，是因為在他認知裡，關鍵主體始終是強化外裝。認為只要把Cerberus和宿有負面心念的推進器分離開來，Cerberus就會變回原本的他。

然而，用Wolfram Disaster這樣的名稱去稱呼，就等於承認他的改變已經是不可逆的。這是絕對，絕對不能允許的事情。

黑雪公主之所以吩咐他「保護Lime Bell」，就是為了要伺機以香櫞鐘聲，將仁子的推進器給扯下來。這個機會已經分分秒秒在接近。

Cerberus似乎再也無法完全抵禦住藍之王的劍壓，身體猛一晃動。在頭上交叉的雙手仍然牢牢擋住大劍，但雙膝的彎曲程度已經漸漸加深。相信過不了多久，Cerberus就會撐不下去而被打倒在地。那個時候，就輪到Lime Bell出場了。

春雪不能讓躲在附近的Black Vise破壞這個千載難逢的良機。他將三成的注意力放在凹洞正中央的決戰，七成分配在警戒四周，一心一意等待那一瞬間來臨。

The Impulse的劍刃與鎢鋼裝甲劇烈地摩擦，濺出大量的火花，照亮了雙方的臉。

下一瞬間，膠著狀態終於打破。

一陣發射大砲似的轟然巨響，穿透了春雪全身。

碎裂的裝甲碎片大量灑出，被陽光照得美麗而閃亮。顏色是……清澈的藍色。

「咦……！」

緊挨著他的千百合發出驚呼聲，春雪也尖銳地倒抽一口氣。腦海中播放起一秒前那令人難以置信的光景。

Cerberus看似已經抵擋不住壓力，膝蓋落到地上，推進器卻一瞬間噴出黑色的火焰——就只這麼一下，The Impulse就被頂得高高翻起，藍之王空門大開，Cerberus就朝他的胸口送上了一記頭錘。

Wolfram Cerberus以前在中野第二戰區對戰時，就曾以一記頭錘粉碎了Frost Horn的肩部裝甲，也曾把剛起飛的春雪打回地面。從他還是1級的時候就是Cerberus決勝招式的頭錘，得到了推進器……不，是得到災禍之鎧MarkⅡ的推力，成了對上藍之王都照樣管用的必殺攻擊。

Blue Knight厚實的胸部裝甲被擊碎，在大堆土石上被擊飛了十公尺以上，但他彷彿說什麼也要拒絕倒地，將右手的劍插在地上撐住。看來虛擬身體的損傷雖淺，但剛才那一下，肯定已經讓體力計量表大大減損。

「真是的……還是一樣那麼天真。」

紫之王咒罵一聲，黑雪公主對春雪等人解釋：

「Knight從以前就是這樣，對手施展必殺技之前，自己也絕對不用。心念當然也一樣。」

「這志氣是令人佩服，但我們沒時間了。再過兩三分鐘，第二波公敵就會來到這裡啦。」

聽仁子說起，退在後方的綠之王踏上沉重的一步。

「已經到了我們該傾所有戰力對應的時候。」

「真沒辦法啊。」

應聲的不是紫之王、黑之王、紅之王或綠之王，當然也不是Black Vise。

在四個王身前不遠處，啵的一聲冒出黃色的煙霧，從中悠然現身的是——黃之王Yellow Radio。

「你……你給我等一下！之前你都跑哪裡去了！」

「哎呀呀，說來慚愧，我被捲進武道館的崩塌，到剛剛都還被土石夾住呢。」

Radio若無其事地回答紫之王的質問，將左手的指揮棒一圈又一圈地轉動。在凹洞的西側，與Iron Pound等人待在一起的Lemon Pierrette以有點沒轍似的聲調說：「夾～住呢～……」

五個王總算到齊，相視點頭，以信步走動似的腳步踏上一步。五個人的腳下塵土飛揚，以近乎瞬間移動的速度分往左右兩邊，加上藍之王，組成正六角形的隊形。

Cerberus站在六角形正中央，將深紅色的護目鏡左右轉動。被足足六個9級玩家——被當今加速世界中不折不扣的最強戰力圍住，他那看似無力的站姿卻沒有改變。

的確，和災禍之鎧MarkⅡ融合後，Cerberus有著壓倒性的戰鬥力。即使封印了必殺技不用，藍之王乃是近戰型對戰虛擬角色的顛峰，能一對一跟他打得穩穩不落下風，就已經算是非常反常。

即使如此，要擋開六個王的同時攻擊，怎麼想都是不可能的——更不可能把他們全部打倒。對於這一點，製造出這個狀況的Black Vise應該也很清楚。

那麼「拘束者」就是另有圖謀。可以想見的是，看準六王的注意力集中在Cerberus一個人身上時的瞬間，去對付六王以外的人。幾十分鐘前還是武道館競技場的凹洞內，堆積了大量的土石，底下當然有影子。

如果先前輕聲對春雪說話的聲音是真的，Black Vise肯定就是以特殊能力「潛影」躲在土石遮出的影子裡，靜候自己行動的時機來臨。

春雪將視線從對峙的六王與Cerberus身上剝開，再度查看四周。

在攙扶春雪左肩的Lime Bell身旁，站著把五隻巧克人回收為必殺技計量表的Chocolat Puppeteer，右側則是把身受重傷的Mangan Blade揹在背上的Blood Leopard，以及Aster Vine。稍遠處的西側外圍部分，則有Iron Pound、Suntan Chafer、Lemon Pierrette並肩站立。

想必Vise就是打算像在東京中城大樓綁走仁子時那樣，用薄板夾住人，拖進影子裡綁走。然後以這個人質要脅，逼各大軍團取消對白之團的總攻擊。春雪想得到的最壞情形就是如此。

但為了綁走別人而從影子裡現身的瞬間，同時也是Black Vise破綻最大的一刻。就和說是他徒弟的Shadow Crocker一樣，只要在那一瞬間把影子消除掉，他就會整個人彈出地面，好幾秒內不設防。

春雪按捺住想注視黑雪公主他們與Cerberus那場戰鬥的心情，持續將大部分意識集中在副官們的腳下。

不知不覺間，凹洞內已經被完全的寂靜籠罩。六王與Cerberus之間相抗衡的強烈鬥氣，將正逐漸從南方接近的大型公敵腳步聲都蓋了過去。

沒有任何導火線。

六個王之間別說信號，連眼神都不交會，就以完全同調的動作，舉起了劍、盾、杖、指揮棒、槍，以滑行般的高速突進，開始壓縮六角形的內徑。

他已經無路可逃。若說有，也只剩正上方，但諸王似乎也已經把這點計算在內。蘊含了超強威力的六種武器，為堵住逃脫路線，從斜上方攻向灰色的狼。

但Cerberus並不逃跑。

他在原地站穩雙腳，雙拳在腹部前面高聲互擊。頭盔上下咬合，深紅的護目鏡壓縮成鋸齒狀的線。這是特殊能力「物理無效（Physical Immune）」發動的動作。此外還有厚實的黑暗鬥氣，籠罩住他全身。

緊接著，六王的攻擊沒有一毫秒的偏差，從六個方向轟了過去，閃出耀眼的六色特效光。

雖說全都是普通攻擊，但9級玩家之間完美的同調，應該會把一擊的威力增幅到幾十倍。而且藍之王的雙手劍、綠之王的十字盾，以及紫之王的錫杖，都是最強的強化外裝七神器，而黑之王的四肢刀劍是不用說了，紅之王的手槍與黃之王的指揮棒，也不會遜於神器太多。

相較之下，Cerberus則以取之不盡的心念能量，加強了超硬度鎢鋼裝甲的防禦力與物理無效特殊能力的效果。以前災禍之鎧MarkⅡ，甚至被梅丹佐本體的「三聖頌」轟個正著，卻仍承受了下來。

絕對的攻擊力與絕對的防禦力，這兩者的衝突卻超出春雪的預料，非常安靜。

完全無聲，也沒有任何震動或衝擊。彩虹花朵般的彩光從衝突點呈波浪狀散開，正中央則有漆黑的黑暗在翻騰。六王與Cerberus都是一動也不動，彷彿時間只在凹洞的正中央一小塊空間裡停了下來。

「為什麼，什麼事都沒發生……？」

千百合輕聲問起，春雪以幾乎不成聲的聲音回答：

「……是兩股力量太強大，算不出結果……」

雖然不知道是不是事實，但春雪就是有這種感覺，感覺BB系統本身，對最強的矛與最強的盾之間的劇烈對抗處理不完。然而，他也不覺得這樣的狀況會永遠持續下去。相信系統的天秤遲早會倒向其中一邊，濃縮的超能量也將撲向Cerberus或六王。春雪甚至無法呼吸，就只等著這一瞬間來臨。

他並非忘了躲在凹洞中某處的Black Vise。春雪儘管有一半的注意力，都被吸引到凹洞正中央去，但仍以另一半心力，持續警戒自己、Pard小姐與Pound等人的腳下。他打算只要影子裡出現哪怕只有一片黑色薄板，都要用心念的光消去影子，把他從地面拖出來。

然而……

不知道是不是諸王灌注了更多的力量，彩虹色的光芒更加劇烈亮起的瞬間，儘管時間極短，春雪仍然忍不住把所有注意力都轉了過去。

彷彿就是看準了這一剎那——

「——『二十面絕界（Icosahedral Insulation）』。」

只聽見一個不奮勇、不懼怕，也不稱快，就只是不帶感動地告知某種事實似的聲音。

這次千百合似乎也聽見了，挨在一起的虛擬身體一震。春雪也試圖將意識從諸王身上拉回來。

幾乎就在同時，黑色薄板從土石遮出的陰影，無聲無息地冒了出來。

但位置不在任何人腳下。

足以籠罩住凹洞中的所有人——Cerberus與六個王，以及九名與會者——而有餘的大範圍圓周上，冒出了多達二十片巨大的薄板。每一片都是完美的正三角形，邊長超過三公尺。

這些巨大的三角形相互交錯排列，形成一堵黑色的牆壁後，就撞開土石，開始急速縮減圓的直徑。

——拘束技！

春雪直覺地認知到這點，但一瞬間有所猶豫，不知道該不該抱著千百合脫離這些三角形的包圍。這麼一走，就等於在重演昨天的領土戰爭中，被Snow Fairy與Glacier Behemoth以組合心念攻擊時，只有他們兩人逃脫的情形。對再度丟下同伴逃走的強烈忌諱，讓春雪的反應慢了一拍。

相對的，千百合的判斷則毫不動搖。

「不用管我，用飛的逃走！」

聽到耳邊強而有力的呼喊，春雪還說了聲「可是……！」抗辯，結果背上被組成黑色牆壁的一片三角板碰上。

三角板本身似乎沒有攻擊力，卻以不容抗拒的硬度與壓力，將兩人推向凹洞之中。Choco發出尖叫，左側則可以看見Pound與Chafer，右側有Leopard，分別用肩膀、頭部與雙手，想將薄板推回去，但即使憑高等級玩家的力氣，仍然甚至無法減緩整個圓收縮的速度。

六個王應該也已經注意到這堵包圍他們的黑色牆壁。然而一旦同調攻擊的平衡稍有偏差，凝聚在一個點上的能量就會全部反彈，即使是王，也會受到重大損傷。但話說回來，要是圓完全收縮起來，也免不了同樣的結果。

……不對。

春雪怎麼想都不覺得Black Vise的目的，會單純是將在場的所有人集中到一個地方，然後靠六王的攻擊力爆炸來對他們造成損傷。他應該是在這樣的基礎上，另有更進一步的圖謀。既然現在還看不穿這圖謀，也許就應該趁能脫身的時候先脫身——可是——可是……

春雪做不出決定，就被三角板推著走，千百合在他身旁又喊了一次：

「Crow，快！」

接著千百合一邊用背部抵抗牆壁的收縮，一邊揮開春雪的左手，將他往圓的中心方向用力一推。

「去吧，烏鴉同學！」「快走！」

連背後傳來的Choco與Pard小姐的呼喊，也強而有力地推了他一把。

就在短短五公尺前方，諸王還在為了擊破Cerberus的防禦而使足了力氣。摻雜六色彩光的波動化為垂直矗立的光柱，底下則有籠罩住Cerberus的黑暗鬥氣，像生物似的劇烈蠕動。

從春雪的位置，看得見仁子的側臉與黑雪公主的半鏡面護目鏡。兩人的喊聲在他腦海中迴盪。

——飛啊，Crow！

——快走！

「…………！」

春雪咬緊牙關，瞪著正上方張開翅膀。

緊接著，彷彿要妨礙春雪逃脫似的，在收縮過程中逐漸重疊起來的三角板往上滑動。一邊從圓形變化為半球，一邊往上阻攔。

春雪猛力一蹬地，張開了被Argon Array射穿的金屬翼，以及無傷的梅丹佐之翼。

「唔喔啊啊啊啊！」

春雪將對自己的無力所發的怒氣轉為咆哮，以全速上升。半球體上的洞口轉眼間不斷縮小。他將翅膀折疊成最小的銳角，雙手往前直伸，朝著洞口外的黃綠色天空衝刺。

震動的金屬翼片與三角板邊緣接觸，發出震耳欲聾的高頻震波與大量火花。最外側的兩片翼片都被扯下，但春雪以此為代價，驚險地逃脫了黑色半球體。

他立刻張開四片翅膀減速，迅速翻轉，凝視眼底的半球體。

春雪突破的洞口已經合起，看不見內部。逃出這漆黑牢籠的手段，只剩挖掘凹洞的地面。

不對，還沒完。

這些三角形繼續運動，將半球下端往內側折疊。過程中喀啦作響地折斷、擊碎土石，讓三角形的邊與邊接合，最後形成了一個有一半埋進地面的完整球體。

由二十片正三角形構成的完全閉鎖空間。正二十面體（Icosahedron）。

在這個直徑六公尺不到的空間裡，關著六個王，八個軍團成員，以及Cerberus。而在最中心處，諸王仍在繼續全力較勁。

要是那些超能量在閉鎖空間內解放……就在春雪想到這裡而戰慄的瞬間。

咚————！一聲沉重的爆炸聲響起，正二十面體劇烈搖晃。

「啊……啊啊……！」

春雪發出慘叫似的叫聲，再度張開了翅膀。他一秒鐘前所擔憂的事情成了現實。

若是擊破了Cerberus的防守，攻擊力的大半就會被Cerberus一個人的防禦力與體力計量表吸收，應該不至於發生大得能讓春雪聽見的爆炸。肯掉是他們六人的出力均衡崩潰而爆炸。這一瞬間，應該有超乎想像的能量洪流，在閉鎖空間內肆虐。

黑雪公主他們是受到損傷但仍勉強承受住，還是承受不住而死了？從正二十面體外，連這點都看不出來。

除了破壞以外別無其他方法。

春雪下定決心，握緊了拳頭。

普通攻擊是不用說，就算動用必殺技（頭錘）或強化外裝（輝明劍），恐怕也是一點刮痕都打不出來。唯一有可能的就只有心念，但武道館遺址南方的金屬樹林裡頭，有著好幾個巨大的影子在蠢動。是那些被Argon Array的心念力吸引過來的大型公敵。一旦春雪動用心念，就會被牠們鎖定。

即使如此——

春雪深深吸氣、吐氣，拉高了高度。從公敵的前進速度來判斷，機會只有一次。他必須在一次全力攻擊中，就破壞這正二十面體。

他將握緊的拳頭轉為手刀，在上頭加上淡淡的過剩光，完全張開四片翅膀。

就在他準備展開這敢死衝鋒之際。

「鴉同學，不可以！」

後方聽到這麼一聲喊，讓春雪迅速翻轉身體。

一頭液態金屬頭髮隨風吹動，背負著藍白色噴射光而衝來的，是在千代田區公所北邊的大樓和他分頭行動的Sky Raker。

「師……師父！」

Raker在距離呼喊的春雪只有五公尺前方，停下推進器的噴射，張開雙手進行空力減速。但虛擬身體仍有著相當強的衝力，春雪想也不想，用力抱住了她。

「師父……學姊他們！」

春雪以沙啞的聲音大喊，楓子深深點頭。

「狀況我明白——我想到可能會有人來讓Argon復活，所以在監視她的死亡標記。可是，我萬萬沒想到這邊竟然會弄成這樣……」

「那……那個二十面體裡面，無論學姊、Bell、Choco、Rain、Pard小姐都在……參加會議的大家都被關在裡面。而且六王的同時攻擊，還在那裡頭爆發……搞……搞不大家……」

「鴉同學，你冷靜點。」

楓子的雙手牢牢按住春雪的背。

「那個黑色二十面體，是Black Vise的拒絕心念。想來多半和Graph的『闡釋劍(Elucidator)』一樣，是第三階段的心念……很遺憾的，我和鴉同學的心念不會管用。要是強行攻擊，我們就會因為反作用力而受傷。」

「第……第三階段……？」

春雪被困在新的絕望當中，再度凝視眼底的黑色球體。

春雪過去曾經目擊Black Vise同系列的兩種心念。一種是將春雪自己關住的「六面壓縮（Hexahedral Compression）」；另一種是從仁子身上搶走強化外裝時所用的「八面隔絕（Octohedral Isolation）」。兩者都有著可怕的強度，若不是有黑雪公主和拓武的協助，他都無法破壞。

古典的正多面體只有四面體、六面體、八面體、十二面體、二十面體這五種。從這點來想，即使這二十面絕界就是Black Vise最大最強的拘束型心念，也完全沒什麼好不可思議的。

春雪想到這裡，忽然發現一件事，視線往周圍的地面掃去。

「對了……只要把做出這二十面體的Vise自己……！」

發動心念的時候，應該非得從影子裡出來不可。只要發現他的本體並擊破，正二十面體當然也就會消滅。春雪做出這樣的推敲，又或者是期待，然而……

「這大概也行不通。」

「咦……為……為什麼……」

楓子把右手從驚愕不已的春雪背上拿開，指向地上的黑色球體。

「我也從空中找過，但連他存在的聲息都沒感覺到。想必Black Vise為了做出那個球體，已經用上了全身的薄板……也就是說，除了那個二十面體以外，已經沒有Vise的虛擬身體存在。」

「天……天啊……」

若是如此，這「二十面絕界」既是終極的拘束技，同時也是無敵的防禦技。因為他將自己的身體，化為了無法破壞的牢房。

在凹洞內觀望六王的戰鬥時，春雪推測Black Vise的意圖，在於把他們之中的一個人，綁架到影子裡。但這是莫大的錯誤。

不是一個人，而是所有人。Vise是打算以Wolfram為誘餌，把七王會議的所有參加者，都用自己的最強心念困在裡面。如果當初就能想到這一步，也許就有可能避免這樣的狀況發生。

像是心臟被人用刀剜似的自責與後悔，讓春雪全身發抖，楓子以右手用力握住他的左肩。

「你冷靜點。即使……萬一Lotus他們在裡面全軍覆沒，也不表示一切就這麼完了。」

「咦…………」

「這裡可是無限制中立空間。只要過了一小時，所有人都會復活。而且，那裡頭有著多達六個純色之王……Radio和Thorn我是不知道，但至少身為Originator的Knight和Grandee，應該會用第三階段的心念。」

「……最初的百人（Originator）……」

這當然不是春雪第一次聽見這個字眼。

五週前所召開的第一屆七王會議後，突然出現在春雪家的仁子，就以喪失了自信似的表情說過：「Originator是怪物。」四天後，春雪就在無限制空間中六本木山莊大樓遭遇了綠之王，聽他親口告知說他就是Originator。

讓仁子害怕的藍之王與綠之王，成了最後的希望，說來的確諷刺，但既然球體外的春雪等人無能為力，也就只能把一切都託付給裡頭的兩人。問題是如果連諸王都已經因為那場閉鎖空間內的爆炸而死，就得等到一小時候才會復活。而在那之前，Argon Array與Shadow Croaker也會復活。春雪與楓子的任務，就是不讓他們兩人妨礙眾人逃脫。

春雪好不容易找出應盡的職責，正要將視線從漆黑的正二十面體，拉往東方的高層大樓。

然而就在春雪說話之前，他懷理的楓子再度輕聲說道：

「…………可是。」

「咦……？」

「這點，Vise應該也很清楚。我怎麼想都不覺得，他會相信動用第三階段心念，就有辦法永遠把諸王困在裡面……」

「說得……也是……」

春雪將視線拉回黑色的牢籠，點了點頭。

「……而且，即使沒設定自動斷線保險機制，總有一天會有人從現實世界拔掉神經連結裝置……這樣一來，諸王的虛擬角色，就會從裡頭消失。只要就這麼不再連進無限制中立空間一天，在這邊就是兩年又兩百七十天……三天的話就會經過八年以上。就算Black Vise是加速世界唯一的減速能力者，也不可能維持發動第三階段心念的狀態，一年又一年地等著不知道什麼時候會回歸的諸王。」

春雪的話裡加上了最近已經相當熟練的「加速算」計算結果，楓子也點頭回應：

「是啊，我也不覺得Vise的能力有到這個地步。如果是這樣……如果是這樣。」

她把音量押到最低，以平常所沒有的緊繃聲調……

「說不定，接下來，還有……」

就在他輕聲說到這裡的時候。

比懸停的兩人更上方，有個人說話的聲音，乘著乾燥的風傳來。

「怎麼……不去救伙伴啊……你們可真薄情…………」

「……！」

春雪在空中大幅度後退，同時仰望上空。

距離三十公尺左右的西方天空中，有著一個小小的影子。

不對，不是影子。來人在以煉獄空間而言偏強的陽光照耀下，全身閃閃發出耀眼的光芒。

對戰虛擬角色——多半是男性型，無疑是金屬色角色。反射光的色澤，是比Silver Crow更清晰的銀色。

至於這個虛擬角色和春雪他們一樣停在空中的理由，則是因為騎在一匹長著大翅膀的馬上。

以前，為了幫助被Dusk Taker逼得無路可退的春雪與拓武，黑雪公主從畢業旅行所去的沖繩趕來時，就騎著全身黑色，馬蹄上有著藍白色火焰的馬——一種有飛行能力的公敵。

銀色虛擬角色所騎的馬，多半也是同類的公敵，但體毛與鬃毛都潔白如雪，只有緩緩拍動的翅膀與長長的尾巴前端，有著淡淡的紅色。頭上戴著黑色馬轡，從馬轡上延伸的轡繩，則有騎手雙手握住。

春雪正要喊說是誰，耳邊就聽到楓子尖銳的呼喊：

「Platinum Cavalier！」

春雪記得這個名字。

昨天為了因應領土戰爭而緊急發下來的震盪宇宙所有團員名單上，寫在第一行的就是這個虛擬角色名稱。也就是「七矮星」中排名第一，外號「害羞鬼（Bashful）」或「破壞者（Basher）」的白之團最強攻擊手——

彷彿在呼應貫穿春雪全身的戰慄，只見上空翻騰的雲層厚度也漸漸增加，讓煉獄屬性下算是偏強的陽光減弱了幾分。騎在有翼白馬身上的騎手反射光也變暗，露出了虛擬角色的外形。

有著長長裝飾角的頭盔，造型以曲線為主體的鎧甲。背上有著很大的盾牌，左腰佩帶著具有十字形劍鍔的細長劍。

騎士。再也沒有其他字眼更適合用來形容他了。

說到加速世界中最適合騎士這個名號的，當然「劍聖」Blue Knight就是代表性人物，但Platinum Cavalier的金屬裝甲，比藍之王更像騎士。震盪宇宙的團員名單發下來之後，春雪試著去查過，發現Knight這個單字起源於古代英語的「隨從(Cniht)」，但Cavalier則起源於法語的「騎乘者(Chevalier)」。

想來原因倒也不是出在這裡，但他那優美的身影，會讓人認為再也沒有哪個虛擬角色騎在馬型公敵上會這麼搭配。再加上那多半位於金屬色相條左端——貴金屬群頂點的白金所發出的清澈光輝，也讓春雪的視線與意識，都不由得有那麼一瞬間被吸引過去。

楓子彷彿是要掩護春雪的恍惚。

她迅速舉起左手，微微附上過剩光。

心念只有受到心念攻擊的時候才可以動用。這是將心念系統傳授給春雪的楓子親自說過的話。而楓子面對這豈止心念，甚至全身動都沒動過一下的Platinum Cavalier，卻做出了可以視為要先發制人的動作。這也就表示，這個對手就是如此可怕？

楓子的手刀仍然指著Cavalier，再度投出尖銳的說話聲：

「——沒參加昨天那場領土戰爭的你，會出現在這個地方，也就表示……到頭來你也是Ivory Tower，不，是Black Vise的手下是吧？」

此話一出，似乎和Rose Milady一樣認識Sky Raker的Platinum Cavalier，就在馬上微微聳了聳肩膀。

「妳這麼說可就冤枉我了啊……我的『劍之主』只有白之王一個人……今天是她下了命令，我才會出來……我並不是聽那個尖帽頭使喚…………」

騎士這番話說得語尾滿是餘韻，楓子則以堅毅的嗓音斬斷。

「那你就立刻離開這裡！Black Vise已經失控了……他揭曉自己的真面目，還對六王全體發動了攻擊。等這個狀況收拾完，震盪宇宙就會受到所有軍團的總攻擊。身為『七矮星』之首，你應該有事情需要馬上去處理吧！」

「……妳說的事情，例如說……像是為了保護震盪宇宙（我們團）的一般團員不受到總攻擊，請他們退團……之類的…………？」

「如果你有為同伴著想的心，就應該這麼做。Vise雖然成功地困住了六王和他們的副官，但這種情形只能拖延一時。諸王很快就會逃出那個牢籠，立刻展開聯合討伐作戰。即使震盪宇宙再怎麼高手如雲，也不可能抵抗得了。那麼至少，應該讓在毫不知情的情形下追隨Cosmos的團員……」

楓子這番話舌鋒犀利，卻感受得到真正的關心，然而Cavalier只用一句話就斬斷了。

「沒用的…………」

「為什麼！」

「哪怕六大……不，現在是五大嗎……總之即使受到諸王的軍團攻擊，無可避免會導致點數全失……會想脫離震盪宇宙的團員，是一個也沒有……而且啊，Sky Raker……妳有個重大的誤會…………」

「誤會……？」

Platinum Cavalier朝著疑惑複誦的楓子，以及抱著她的春雪一瞥，嘆了一口氣似的說道：

「妳剛剛說……等這個狀況收拾完？可是啊，事情，不會這樣進行……在加速世界裡，太樂觀的觀測永遠會被背叛……無論自認想定的情形有多糟，結果永遠都還會變得更糟，更可悲，更空虛…………」

騎士這番話說得實在太厭世，讓春雪覺得似乎聽別人說過類似的話，於是開始翻找記憶。

在腦海中甦醒的，是前不久才和他展開過死鬥的Argon Array說話的聲音。

——這個世界上根本沒有任何一個可以拯救別人的方法。因為這個世界從一開始，就沒準備任何救贖。

——有的就只有仇恨、鬥爭、背叛、欺瞞、蹂躪、慟哭、絕望等等等等。加速世界有多麼殘酷，我現在就告訴你們兩個小弟弟……

Argon如此告知後，立刻就喚醒了宿在Wolfram Cerberus右肩的Dusk Taker複製人格。那個現象，的確遠超過春雪所能想到的最壞情形。

而這重生Dusk Taker，也被從ＩＳＳ套件本體傳送回來的負面心念能量吞沒而崩潰，現在Cerberus右肩搭載的是Orchid Oracle的人格。雖然不知道真正的Oracle怎麼了，但對她的好友黑雪公主來說，這個情形的確可以說已經糟糕透頂。不可能再發生更壞的情形，而且也絕對不能讓它發生。絕對不能。

「Platinum Cavalier！」

春雪卯足氣力與鬥志，朝著這個等級和位階都遠比他高階的白金騎士呼喚：

「如果你要妨礙我們，我們就在這裡打倒你。我已經受夠被Black Vise和加速研究社給耍得團團轉的情形了。他……不，你們所做的事情是壞事，這你應該也很清楚！」

春雪說到這裡，也舉起了右手。往和楓子一樣筆直伸展的指尖，賦予了銀色的過剩光。

即使他們兩人宣告將以心念先發制人，Cavalier仍不為所動。他既不拔劍，也沒有要離開的跡象。

「…………的確，我也沒辦法喜歡Vise的所作所為……可是啊，新人小弟……他也付出了代價……」

騎士這麼一回答，將尖銳的護目鏡朝向地上的正二十面體。

「他沒辦法自行解除那『二十面絕界』……明明是為了讓任何人都打不壞才創造出來的心念，可是一旦發動，就得有人打壞，否則就無法變回對戰虛擬角色……對自己人他誰也不相信，卻只相信敵人，你不覺得他這個人很怪嗎…………」

「…………」

春雪說不出話來，凝視著有一半埋在凹洞中央地面的漆黑球體。

即使Cavalier的話屬實，也完全不構成同情Black Vise的理由，反而應該要想出能利用這個情報的手段。

如果說他無法字形從正二十面體變回人型，那麼只要用某種手段，從內部救出諸王，然後把球體完全隔離，說不定就能將Black Vise永遠封印在無限制中立空間之中。可是話說回來，就是沒有方法能夠不破壞正二十面體，就把諸王與他們的副官救出來……

「——師父。」

春雪腦中忽然閃過小小的靈光，以只有楓子聽得見的聲音輕聲問起：

「如果滾動那個二十面體，挪到別的地方去？裡面的死亡標記會怎麼樣？」

「這……」

晚霞色的鏡頭眼一瞬間瞇了起來。

「……死亡標記沒有實體，要破壞或移動都不可能，這是BRAIN BURST絕對的規則……當然了，既然有Orchid Oracle這種系統干涉能力者出現，或許並不是永遠不變的規則，可是至少我怎麼想都不覺得Vise有這種能力。也就是說……只要能滾動那個二十面體，也許死亡標記就會穿過牆壁，留在原地……」

「……既然這樣！」

春雪拚命壓住差點不由得變大的聲音，說了下去：

「只要把那個球滾動到沒有人可以接近的地方……例如推進禁城的重力護城河，不就可以永遠把Vise困在球體狀態……」

「……嚴格說來，是到有人在現實世界幫他拔掉神經連結裝置為止，就是了。」

沒料到楓子會指出這一點，讓他一瞬間呆住。

以往他幾乎從來不曾想過，但的確Black Vise——Ivory Tower在現實世界多半也是同年代的小孩，要是一直維持完全潛行狀態好幾個小時，家人多半會想從他脖子上拔掉神經連結裝置。又或者，他既然是設下這個圈套的罪魁禍首，也可能早已事先設定自動斷線的保險機制。

行不通嗎……春雪嘆了一口氣，楓子用力抓住他的左肩。

「——可是，也許值得試試看。雖說是第三階段心念，但其中的『絕對理論』，應該是全都灌到防禦力去了。只要我和鴉同學全力去推，也許就可以把二十面體推離那個地方……」

「只要能推開短短五公尺，至少就能把學姊他們的標記給弄出來了吧。」

「是啊，只是……就不知道Cavalier會怎麼行動……」

「……說得也是。」

春雪點點頭，將視線從地上的二十面體，移動到上空的有翼馬上。

白金騎士仍然留在他出現的位置。雙手仍然握著韁繩，也沒有要拿出背上盾牌或左腰佩劍的跡象。他說他是奉了白之王的命令，才會出現在這裡，不知道他是受了什麼樣的命令。

「——就別理他吧。」

聽到楓子這句蘊含了堅定覺悟的話，春雪再度睜開雙眼。

「咦……」

「據我所知，Cavalier沒有長射程的遠程攻擊。如果他只是觀察者，打下他也沒有意義；即使不是，等看到他怎麼行動，也還來得及對應。」

這話的確不錯。如果他只是觀察者，即使死了而陷入幽靈狀態，也能繼續執行任務。

「……了解。」

楓子對輕聲回答的春雪點點頭，簡短地倒數。

「二、一、零。」

這一瞬間，他將翅膀的推力降到零。接著在自由落下的過程中迅速改變姿勢，朝著地上的正二十面體猛然俯衝。

他以再快就會造成自身受到損傷的速度，和球體側面接觸，以雙手和右肩去推。

「唔……喔喔喔喔喔喔！」

春雪大吼一聲，再度讓疾風推進器點火的楓子也發出堅毅的喊聲：

「喝啊啊啊啊啊啊！」

從Silver Crow的翅膀發出的銀光，以及從Sky Raker的推進器噴出的藍色噴射火焰，都延伸出長長一條尾巴，發出高亢的共鳴聲。

從雙手傳回的「二十面絕界」硬度，超乎他的想像。相較之下，「六面壓縮」和「八面斷絕」都還有彎折的感覺。但這構成正二十面體的漆黑正三角形，卻不只是單純的黑色薄板，讓人感受到一種彷彿整個世界都被截斷似的絕對拒絕感。

然而，他本來就沒以為自己破壞得了第三階段的心念。不是要破壞，而是要推動——只要能從現在的位置推動短短五公尺，就能讓裡頭的死亡標記留在原地而穿出球體，而且如果能一路推到南方的禁城，從斷崖推下去，也許就能靠那無法脫離的超重力，讓Black Vise失去行動能力好一陣子。

——動啊……動啊……動啊…………！

春雪不惜耗光打倒Argon Array而集滿的必殺技計量表，卯足了所有的推力。裝備著沒卸下的梅丹佐之翼也發出大量的純白光子，以耀眼的光芒照亮了堆在地上的大量土石。

「……給我，動啊…………！」

包住Silver Crow雙手的金屬裝甲，承受不了自己產生的壓力，竄出了裂痕。

「動啊…………！」

身旁的楓子也擠出細小的喊聲，把疾風推進器的驅動聲催到最高。

巨大的二十面體，微微……感覺真的微微動了那麼一點點，就在這時。

兩個說話聲一起發出。

——僕人，馬上離開！

腦幹中響起的，是理應在遠離此處的東京鐵塔遺址頂端休眠的，大天使梅丹佐的聲音。

「…………而這就是，比最壞更糟的情形啊…………」

混在共鳴聲當中微微聽見的，是留在遙遠上空的Platinum Cavalier說話的聲音——

春雪心中想聽從梅丹佐指示的本能，以及覺得再一下子就能推動球體的理性，兩者互相衝突之餘，將視線轉往天空。

騎著有翼馬的騎士高高舉著左手，手中握的是收在鞘中的銀色長劍。

不對。

看似柄與鍔的十字突起，要用手握住實在太短了些。那不是劍——

是杖。

「……The Luminary……？」

身旁的楓子以不成聲的聲音喃喃說道。

裝在杖前端的十字，發出了耀眼的光芒。

天空破裂了。

一個巨大……實在太巨大的火球，瞬間撕開、蒸發凹洞正上方的厚重雲層而出現。連四片翅膀與推進器發出的推進聲都輕易蓋過的轟然巨響，撼動了天地，在視野內造成了白色的光暈。

「太陽……」

「要掉下來了」這幾個字，被劇烈的地鳴聲蓋過。春雪的必殺技計量表空了，疾風推進器也停止噴射，兩人從正二十面體的表面滑落。

「不是太陽。」

楓子牢牢握住春雪的左手，以沙啞的嗓音說道：

「那是……神獸級公敵，太陽神印堤。」

這個名字春雪早已聽說過。

據說以前「矛盾存在（Anomaly）」Graphite Edge試圖打倒，卻連損傷都無法造成而戰死，與四神、四聖並列的最強公敵。不受任何攻擊傷害，對接近的人都毫不例外地燒死，這破壞的化身甚至連空氣都燒焦，一路朝正二十面體下墜。那絕對的資料壓足以讓人確信，哪怕是第三階段的心念也終究對抗不了。

春雪注意到這直徑多半達到二十公尺的巨大火球上，纏著細細的銀環。這個由無數棘刺構成的銀環，與先前把守東京中城大樓的梅丹佐第一型態額頭上所鑲嵌的物體一模一樣。雖然不知道為何不會被印堤的高熱所融化，但七星外裝的第四星（Delta）——神器The Luminary，肯定就是用來支配公敵的拘束具。

一旦被這連接近都無法辦到的太陽神印堤吞進火球中心，而且印堤不離開這裡，會怎麼樣呢？結果不用想也知道。當場斃命是不用說，即使過了一小時而復活，也會瞬間再度燒死，這個循環將會永遠重複下去。是完美的無限EK（Enemy Kill）。

這才是Black Vise設下的真正圈套。他真正的目的不是困住七王會議的參加者，而是要以無限EK殲滅他們。

「——鴉同學！」

楓子大喊一聲，雙手按上春雪的胸口。

他們兩人都已經不能再飛，也來不及用跑的避難。她肯定是想以掌擊打飛春雪，至少讓他擺脫印堤的瞬殺半徑。

我不要，我不想離開這裡，如果沒有辦法救出黑雪公主、千百合和仁子她們，我寧可在這裡一起死——春雪卯足僅有的意志力，揮開了這種自殺願望。

無意義的自我滿足，不會產生任何事物。至少得讓自己，還有楓子，從這個圈套中生還。

「師父！」

春雪大喊一聲，用力握住楓子的雙臂。

必殺技計量表已經耗盡，也沒有時間匯集「光速翼」的想像。然而春雪有著與梅丹佐情誼的證物——純白的翅膀。只有這在昨天的領土戰爭中都並未使用的翅膀，應該是連Black Vise也不知情的。

春雪以往並沒有只用強化外裝梅丹佐之翼飛行的經驗。無論是鑽過四神朱雀的熱浪時，還是面對Argon Array的全方位雷射用以爭先時，都只是用以輔助。所以他不知道只靠這種翅膀，能飛出多快的速度，但現在也只能相信——

「飛啊！」

春雪的思念化為光芒，從白翼迸發出來。

轟一聲衝擊籠罩住全身。過強的加速G讓虛擬身體的關節都要散了。有如火箭般衝往斜上方的春雪與楓子腳尖，受到落下的印堤周圍的火焰燒燙，一瞬間燒得紅熱。

春雪一邊以視野角落看著體力計量表減少一大段，一邊持續全力飛行。若不是楓子喊說：「已經可以了！」，也許已經飛到了雲上。

幾乎就在春雪從梅丹佐之翼切換回自己的翅膀，轉為懸停狀態的同時。

白熾的大火球，無聲地碰上了漆黑的正二十面體。

堆在凹洞內地面的大量土石，以及外圍剩下的外牆殘骸，都在瞬間起火燃燒。外露的銀色地面轉眼間燒成紅色。

五秒鐘。

這就是Black Vise的第三階段心念，能夠抵擋太陽神印堤之火的時間。構成正二十面體的三角板不是被熱熔解，而是玻璃般的粉碎、消滅。碎片被白色火焰吞沒，匯集在一點，形成象牙色的死亡標記。

春雪預料到六王與八位副官，以及Cerberus的死亡標記，會從碎裂的牢籠中出現，但他錯了。

可以辨識的死亡標記，只有綠色與灰色這兩個。多半是Green Grandee與Cerberus的標記吧。想來應該是綠之王挺身而出，擋住了在正二十面體內部炸開的超能量大爆炸。

活著的五個王之中，有四個人都彷彿預料到了印堤的下墜，就在正二十面體遭到破壞的同時，朝凹洞的北側發出了大招。藍色、紫色、黃色與黑色鬥氣呈漩渦狀翻騰並直線前進，在太陽神的火焰中穿出一條剎那間的隧道，同時以招式的壓力，微微減緩了下墜的速度。

一個深紅色的影子，在四個王打出的活路上衝刺。是紅之王Scarlet Rain，以加強移動力的心念「炎膜現象（Pyro Planing）」，在燒得火紅的地面上滑行。

Rain以雙手拉著一個巨大投網似的物體，裡頭塞著Lime Bell、Chocolat Puppeteer、Mangan Blade、Lemon Pierrette、Iron Pound、Aster Vine。網子似乎是Vine以長鞭做成，而網袋後頭則有野獸模式下的Blood Leopard，以及多半是由Suntan Chafer變身而成的咖啡色甲蟲從後面推著。

他們並未死心。即使被困在無法破壞的球體當中，仍然不知道以什麼手段預測到印堤的下墜，擬定出了逃脫計畫。

「加……加油啊！」

Rain彷彿聽見了春雪忘我的呼喊，加快了滑行的速度。但由四個王開出的血路很快就開始關閉，白熾的火焰撫過最後頭的Leopard與Chafer的身體。只是這麼輕輕觸及，就讓裝甲各處熔解、碳化，兩人的速度慢了下來。

「Leopard！」

就在楓子呼喊的同時，網內射出綠色的光。這轉眼間就讓燒傷的虛擬身體重生的光，肯定就是Lime Bell的香櫞鐘聲。仔細一看，其他超頻連線者也不是只讓網子帶走，各自以自己的方法拚命讓印堤的火焰遠離。

印堤本體的大火球半徑約有十公尺，超高溫的熱殺圈再加十公尺。這合計二十公尺的活路，Rain等人一個都不缺損地跑完，又前進了幾秒之後，才整團人一起倒在灰色的地面上。

彷彿是說什麼也要見證他們九人的生還——

大火球的正下方，藍、黃、紫，以及黑色的火焰高高噴起。

「…………學姊————！」

春雪的哀嚎，被太陽神印堤重重撞在地上的轟然巨響蓋過。周圍的地面瞬間熔解、沸騰，創造出火紅的熔岩池。

春雪以被淚水沾濕的鏡頭眼，凝視西風的天空。

驅策有翼馬的白金騎士，就和來時一樣，不知不覺間已經消失無蹤。

等春雪從ＥＶ車的後排座位睜開眼瞼，駕駛座上的楓子已經把上半身探到副駕駛座上，將黑雪公主的神經連結裝置，從她纖細的脖子上拔下。

靠在椅背上的身體忽然一震，白皙的側臉微微吐氣。睫毛緩緩拉起，眨了好幾次之後，坐起上身。

黑雪公主依序看了看車上的四個人，然後發出鎮定的說話聲：

「——各位，多虧你們能夠生還。」

春雪心想得說些什麼才行，但找不到要說什麼。的確，春雪、千百合、楓子、志帆子，都勉強從白之團與Black Vise所設下的無限ＥＫ陷阱中生還，但黑雪公主，以及包括和Cerberus同歸於盡的Grandee在內的五個王，都為了讓其他九個人逃走，而被吞進太陽神的中心，當場斃命。

無限制空間中，春雪與楓子和仁子等人會合後，等待被Wolfram Cerberus瞬殺而勉強偏出印堤熱殺圈的Cobalt Blade復活，和她做了最低限度的討論後，所有人一起移動到千代田區公所一樓的傳送門，回到了現實世界。理應比Cobalt要早一些復活的Argon Array與Shadow Croaker，都已經消失無蹤。

春雪等人雖然得以正常脫身，但黑雪公主仍被不動的印堤吞在體內，沒這麼簡單脫身。由於楓子一醒來，就以最快速度幫忙解下她的神經連結裝置，死亡標記應該已經暫時從無限制空間消失，但下次一使用無限超頻指令，又會瞬間斃命。

「…………小幸。」

看到輕聲說出這句話的楓子臉上流過透明的水珠，後排座位的三個人都倒抽一口氣。

「小幸……無論發生什麼事，我明明都非保護妳不可……」

「喂喂，楓子妳太誇張了啦。」

黑雪公主苦笑著舉起右手，輕輕擦了擦楓子的眼角。

「只不過是在無限制空間裡死了一次。要進行正規對戰和領土戰爭，都完全不成問題，而且白之團的聯合討伐作戰也會照計畫進行。畢竟多虧Vise做出那種不軌的舉動，反而讓五大軍團的團結意志變得不可動搖啊……這次的七王會議，是我們贏了。」

黑雪公主明白地如此宣告，轉頭看向後排座位。

「志帆子、千百合、春雪，你們表現得很好。我想Black Vise的目標不是諸王，反而是你們。從那種狀況下，能夠一個人都不少地生還，身為軍團長，我覺得非常自豪。那……Knight、Grandee、Radio、Thorn的強制斷線，趕上了嗎？」

朝左一瞥，千百合與志帆子都雙眼滿是淚水，似乎一時說不出話，於是由春雪回答黑雪公主的提問。春雪當然也得把內心洶湧的情緒按捺下去，儘可能扯起嗓子才說得出話。

「是……是的……藍之王是和鈷錳姊妹、紫之王和Vine、黃之王和Pierrette一起連線，所以說是馬上就可以解下神經連結裝置。綠之王雖然只有自己一個人，但Pound說他有類似強制斷線保險機制的東西，所以不會有問題。」

「唔，原來如此。我本來還以為反而是Radio要比Grandee危急，原來他和Pierrette的感情好到會在同一個地方連線啊……」

聽到這句話，春雪不由得想起黃之王在會議中被揭穿的意外弱點，千百合則以右手擦了擦眼角，發出開朗的聲音說：

「我在等Cobalt姊復活的時候就偷偷問了，聽說Pierrette是Radio的親妹妹！」

「哦？原來如此啊。若是這樣，不知道是否還是『上下輩』關係呢……」

春雪看著點頭的黑雪公主表情，心想既然如此就放心了，不，可以放心吧？正轉著這樣的念頭——

「請問一下……」

志帆子戰戰兢兢地舉手發言：

「每個王都順利斷線是很好，可是還有兩個被被困在印堤裡面吧？Wolfram Cerberus和Black Vise……我並不是擔心他們，只是想說不知道他們是要怎麼擺脫無限ＥＫ……」

「啊……的確……」

春雪喃喃說著，楓子從駕駛座上探頭。儘管眼角還有點紅，但一貫的微笑已經回到她的嘴角。

「這個答案，相信鴉同學明白。」

「咦？呃，呃……」

春雪正沉吟著，腦中浮現出一個銀色的輪廓。舉起細長手杖的白金騎士。

「啊，對喔……他們可以自由移動印堤，所以只要趁學姊你們從無限制空間消失的時候，移動一下印堤，等Vise和Cerberus復活後，再挪回原位就可以了……」

「啊啊，對喔……」

志帆子在他身旁點點頭，立刻又補上幾句：

「……也就是說，只要能夠知道他們移動的時機，讓黑雪公主學姊你們在印堤移動的瞬間連進去，就有可能擺脫無限ＥＫ，對吧？」

「嗯，理論上的確是這樣，但要付諸實行可就很難了啊……因為得一直在不被他們發現的情形下，監視無限制空間的印堤，我也必須在這邊的世界隨時準備加速才行。」

聽到黑雪公主說完，志帆子垂頭喪氣地說：「說得也是……」所以春雪忍不住用左手摸了摸她制服背部。

「不用擔心啦。Choco，只要我們通力合作，一定可以救出學姊，還有順便救出其他王。印堤又不是說在系統上就設定成無敵的不死之身，相信一定會有什麼弱點……會有攻略法才對。」

他話一出口，前排座位的兩人就對看一眼，露出微笑，讓春雪不由得睜大了眼睛。

「咦，請問……我說錯什麼了嗎……？」

「沒有，我只是想說，鴉同學說話，愈來愈像某個勇者痴了。」

「一點兒也不錯。不過謝謝你，春雪。」

千百合在楓子與黑雪公主的評語上，加上了一句令他意想不到的話。

「不過小春，我覺得一直摸女孩子好像不太對喔。」

「咦……？」

這時春雪才發現自己的左手完全接觸到了志帆子的背，「哇」地大叫一聲，整個人往後跳開。但後排座位實在算不上寬，又已經坐了三個人，讓他後腦勺紮紮實實地撞上車窗玻璃。

看春雪眼眶含淚地按住頭，四個女生發出開朗的笑聲。

讓笑聲中斷的，是車內響起的一陣輕快的鬧鈴聲。是和楓子的神經連結裝置連線的自動駕駛ＡＩ，通知收到了郵件。楓子迅速操作虛擬桌面，口氣轉為鄭重地說道：

「Pard寄來的，她說今天要先回練馬去了。」

「嗯，是嗎？……那麼，我們也差不多該移動了吧。行程表完全沒有變更，記得是千百合去武道館幫拓武加油，春雪和志帆子去學校照顧小咕，沒錯吧？」

「是！」

春雪代表後排座位的三個人點頭回答，楓子就按下了ＥＶ車的發動鈕。

「那，我們就先到武道館的入口去吧。但願黛同學可以順利贏下去。」

「小拓沒有聯絡，也就表示他還在贏啦，姊姊。」

「的確是這樣沒錯啊。那我們趕快走吧。」

楓子點點頭，按下方向盤開關，ＥＶ車以自動駕駛開出了投幣停車場。她立刻切換為手動駕駛模式，踩下加速踏板。

雖然不像Pard小姐的大型機車那麼強勁，但車子也很有精神地開始加速。春雪從車窗仰望晴朗的天空。盛夏的太陽那強烈的陽光，即使隔著抗ＵＶＩＲ（紫外線紅外線）玻璃，仍然耀眼得讓眼睛刺痛。

6

梅鄉國中男子劍道社，雖然團體賽方面打到準準決賽就敗退，進不了前六強，但拓武在個人賽打得很好，一路贏到準決賽，儘管準決賽打輸，但仍漂亮地拿到了八月關東大賽的出賽資格。

透過千百合的郵件知道這件事時，春雪正在拔飼育小屋四周的草，當場忍不住站起來，擺出握拳姿勢大喊：「好啊——！」

「哇，烏……有田同學你怎麼啦？」

「怎麼啦，委員長？」

【ＵＩ＞有田學長怎麼啦？】

幫忙拔草的志帆子與井關玲那，以及打掃小屋內部的謠，都分別以話聲或打字問起，於是他說明了歡呼的理由。

「哇，好厲害！黛同學真的好強喔。」

志帆子站了起來，面帶笑容小聲拍手，在小屋裡打瞌睡的小咕就跟著拍打翅膀。牠還有些神經質，但對於第一次見面的志帆子似乎頗為中意。

「是喔？眼鏡兄挺行的嘛。打進關東大賽真的很猛。」

【UI>團體賽的結果雖然遺憾，但相信黛學長一定可以去到全國舞台！】

聽到玲那和謠的稱讚，也讓春雪像是自己被稱讚一樣高興。他不由得「嗯！」的一聲抬頭挺胸，但心臟附近總是有種刺痛般的感覺揮之不去。

拓武是不用說，謠與晶、Petit Paquet組的聖實與結芽，以及小田切累，都還不知道黑雪公主在無限制中立空間裡陷入無限EK狀態的事。是黑雪公主拜託他們，說她想在今晚以打字聊天方式進行的會議上，由自己來說明這件事，所以請他們在這之前先不要告訴謠等人。至於告知前日珥組團員的時機，也說要在會議中商議。

在武道館放千百合下車，走靖國大道開回杉並的車上，從黑雪公主的模樣，也感覺不出多少改變。春雪不曾陷入無限EK狀態，所以實在難以想像，但他認為既然黑雪公主都斷定說「沒什麼大不了的」，也許就真的沒什麼大不了，但相對的又覺得只是自己想這麼認為罷了。

黑暗星雲本來就不怎麼把活動重心放在獵公敵上。所以即使不能連進無限制空間，軍團的營運上應該也不至於立刻會有什麼問題。但仔細一想，又覺得問題不是這麼簡單。因為……

「……長，喂，委員長！」

「咦？啊，有！」

突然被人輕輕捏著臉頰，讓春雪高速眨動雙眼。不知不覺間，井關玲那傻眼的臉已經近在眼前，讓他忍不住嚇得倒退。

「眼鏡兄打進前四強，就這麼讓你高興？」

「嗯……嗯，那當然了。那……有什麼事嗎？」

「我剛剛跟超委員長商量過，想說飼育委員會是不是差不多可以多養些動物來照顧了。」

「哦～？……咦……咦咦？」

春雪驚愕地朝小屋一看，穿體育服裝的謠也笑瞇瞇地點頭。

「妳說多養……養在這小屋裡？」

【UI＞可以的話是最理想，但白臉角鴞是很神經質的鳥，所以小咕會不會接受還很難說。相反的，如果能夠和新來的動物好好相處，我想小咕的心情也會變得更穩定。】

「是喔……我只是舉例，如果想在寵物店找一隻白臉角鴞新娘，大概要花多少錢啊……」

春雪不經意問起的問題，讓謠歪了歪頭，在空中打字回答：

【UI＞這個嘛，在國內的CB個體……CB是Captive breeding的縮寫，意思是圈養繁殖個體，我想大概要花三十萬圓左右吧。】

「三十……………」

春雪先僵住兩秒鐘左右，才連連搖頭。

「這……這實在有點困難啊。也就是說，得找其他種類的，價格低廉得多的鳥……或是在旁邊蓋一棟新的小屋，養完全不一樣的動物，是吧。唔唔……」

春雪這時忽然發現一件事，轉過來盯著玲那看。

「怎……怎樣啦，委員長？」

「沒有……我是想說，妳怎麼會想多養動物……」

「嗯～～……」

多半是在校內換了衣服吧，和謠一樣穿著體育服裝的玲那，用手指搔著綁成馬尾髮型的頭回答：

「該怎麼說，小咕牠啊，除了我們來照顧牠的時候以外，不管白天還是晚上，都一～～直孤伶伶的不是嗎？我從以前就一直在想……想說如果牠有朋友就好了。」

「…………」

聽到這有些，不，是相當出乎意料的話，春雪再度凝視起玲那的臉來。改由今天才剛認識的志帆子，對右手拿著長薺菜的玲那說：

「井關同學好體貼喔。」

「嗚咿！才……才不是這樣。」

「我在學校的社團活動，也是在養寵物……」

志帆子提到的，多半不是現實世界的動物，而是Petit Paquet組在無限制中立空間培養起感情的小獸級公敵小克。這個話題讓春雪無法不冒冷汗，但玲那當然並沒有懷疑起來的跡象。

「……可是，我們沒辦法去見牠的時候，就會放牠一隻孤伶伶的了。我也一直在想，如果可以讓牠有個能夠一起玩的朋友就好了。」

「這樣啊……就是說啊……」

玲那連連點頭稱是，一轉身就在春雪背上猛力拍打。

「委員長，我們還是多養些動物吧！雖然三十萬大概湊不到，但如果可以，最好是找到能和小咕一起待在這小屋裡的動物。」

「說……說得也是……」

「還有……」

玲那突然把在春雪背上拍打的手繞到他脖子上，以接近鎖頭招式的動作將他一把拉了過去，從臉和臉幾乎碰在一起的距離說：

「怎麼又～多出新的女生來了！委員長的人際關係，到底是什麼情形啦！」

「什……什麼情形都沒有啊！」

看到春雪拚命搖頭，志帆子與謠都睜大眼睛，歪了歪頭。

餵食和打掃結束的同時，學校的鐘聲告知已經下午四點。

即使到了這個時間，七月夏季的天空還很亮。春雪在校內和說要去沖個澡的玲那道別，在校門口目送要走路回家的謠，以及要從新高圓寺車站搭公車的志帆子後，躲到牆邊的陰涼處，打開了虛擬桌面的電子錢包帳戶。

春雪的零用錢，包括午餐費在內，是一天五百圓。直到一年級的秋天，他每天都受到同學霸凌，要他去買麵包或飲料，一點錢都不會剩下，但等黑雪公主排除了這些人以後，現在他每天午餐控制在一個麵包和一瓶牛奶，每天只花三百圓。如果自己做便當，就可以把五百圓全都省下來。而且最近他幾乎不再買遊戲軟體，所以帳戶裡還存有不算少的一筆金額。

春雪關閉視窗，想了三十秒之後，走向與住家反方向的阿佐谷方面。

沿著新青梅大道走了一公里，在南阿佐谷車站旁的商店街買完東西後，沿著住宅區南下。很快的就在去路上，看見由整排有著清爽白牆的聯建住宅組成的，像是外國會有的街景。這裡是叫作「URB阿佐谷住宅」，有著九十年歷史的集合住宅區。

當然建築物是在近年改建過，大部分的住宅都已經搖身一變成為公寓大樓，但只有這個角落還留有當年的影子。春雪循著記憶，從主街道彎進岔路，在一棟聯建住宅前停下腳步。

他對房子注視了一會兒，接近門柱後，視野中顯示出投影門鈴。他按下門鈴鈕，等待。

隨後從視窗中出現的，是兩個小時前才在梅鄉國中道別的黑雪公主的臉龐。

「春……春雪！你怎麼突然跑來？發生什麼事了嗎？」

他對接連問出好幾個問題的黑雪公主深深一鞠躬。

「這……這個，對不起我突然找上門！也不是說發生了什麼事情……這個，呃，呃……」

春雪無法簡略說明自己的行動，話說到一半就卡住。黑雪公主注視著他五秒鐘左右，才露出淡淡的苦笑，說道：

「外面應該很熱吧。也罷，進來吧。」

「好……好的！」

春雪又一次鞠躬致意，這才打開電子鎖已經解除的鐵門，走進庭院。就在他站到建築物本體前的同時，門打了開來，活生生的黑雪公主探出了頭。

「我正好剛洗完澡……不好意思穿這樣。」

的確，她只穿著大了一號的T恤和短褲，這身行頭比起在有田家辦過夜聚會的時候，覆蓋面積少了很多，但春雪當然不會有異議。他默默連連搖頭，黑雪公主就再度微笑，對他招手。

「來，請進。」

「好……好的，打擾了。」

這是他第二次訪問黑雪公主的住處，裡頭還是一樣整理得乾乾淨淨。

有樓中樓的一房兩廳含廚房格局，以國中生一個人住來說，多半是大得太足夠了。七坪大的客廳裡，幾乎沒放什麼東西，最吸引目光的，就是設置在東南角落的九十公分巨大水槽。

春雪很想立刻湊過去看水槽，但還是先舉起兩隻手提著的購物袋，說道：

「呃，這個，是給學姊的。」

「啥……啥啊？」

春雪就在大吃一驚的黑雪公主面前，把袋子裡的東西排到餐桌上。

「呃，有柯布沙拉、南瓜可樂餅、鮭魚抹醬、墨西哥薄餅捲、長棍麵包三明治，還有檸檬塔……」

「不……不是，這我知道了……可是為什麼買給我？還有為什麼買這麼多？」

黑雪公主似乎尚未從震驚中清醒，春雪鼓起勇氣，從正面看著她的臉。平常他很難有勇氣主動和她對看，但仔細一看，就覺得還有點濕的一頭黑髮下，臉上沒什麼血色，眼角也微微泛紅……他是這麼覺得。感覺就好像是在浴室裡哭過。

無論是剛從無限制空間回來後，後來在車上，還是在學校前道別的瞬間，感覺黑雪公主都和平常沒什麼兩樣。然而這是不可能的。對戰虛擬角色，是以超頻連線者的精神創傷為鑄模而創造出來的半身。哪怕是加速世界最強的9級玩家，半身被困在死亡陷阱裡，怎麼想都不覺得能若無其事。

春雪維持和黑雪公主對看的視線，回答她的問題：

「我是想說只要多吃點東西……就會打起精神來。」

「啥……？」

「學姊每天好像都沒怎麼吃東西……所以我就想說，至少今天希望學姊多吃點，打起精神來……」

即使多補上幾句話，黑雪公主仍然啞口無言了好一會兒。

但她突然露出了整張臉皺在一起似的哭笑表情，連連眨眼，兩眼有了淚珠。

「…………真是的，什麼事情都瞞不了你們啊。其實楓子她也是，道別的時候一再問我要不要緊……」

「這……是當然的啊。因為學姊還挺容易表現在臉上。」

「唔……這可輪不到你說我啊。」

黑雪公主先噘起嘴，然後再度露出笑容，再次和春雪對望。

空調小小的驅動聲，和隔著隔音玻璃透進來的蟬鳴聲疊合。不知不覺間，陽光的顏色已經變得很濃，在背向南邊窗戶的黑雪公主臉上，創造出了美得令人驚嘆的對比。

春雪出神了幾秒鐘後，一回過神來，再度低頭道歉。

「……這個，突然來打擾，真的很對不起。晚上還有會議要開，這個，學姊只挑覺得吃得

下的東西就好，請一定要吃一些。那我就先失陪了。」

好不容易沒卡住而說完這幾句話，雙手卻已經被冷汗弄濕。他最後又朝黑雪公主臉上看了一眼，把清空的可分解購物袋塞進褲子口袋，轉過身去。

就在他沿著短短的走廊，朝著玄關走了三步左右的時候。

一陣甜美的香氣突然從背後追上，緊接著，有東西以相當強的勢頭，撞在春雪背上。那是苗條而柔軟的身體。

白皙的雙臂，用力抱緊了陷入僵硬狀態的春雪。右耳邊聽見非常小聲的耳語：

「…………春雪。」

接著聽見的話，儘管口氣和平常沒有兩樣，卻帶著點幼兒忍著眼淚似的聲調。

「……拜託……今晚，可以跟我一起過嗎？」

（待續）

Accel World

後記

非常感謝各位看完《加速世界》第22集〈絕焰太陽神〉。

從上一集《冰雪妖精》算起，讓大家等了足足十一個月，真的非常抱歉。二〇一七年發生了很多事，不得不把資源灌注在其他系列，但即使是這樣，還是間隔太久了呢。我會努力盡快把下一集呈現在各位讀者面前！

針對本書內容也稍微提一下。記得我在上一集的後記裡，寫說「下次想寫悠哉點的日常故事」。可是結果一揭曉，卻變成不太悠哉的故事……這陣子劇情的比重很容易偏向加速世界內，所以我一直希望對於春雪他們的現實人生，也能好好描寫一番，但世界情勢卻一直不容我這麼做。試著將到本集為止的二十二集照篇章來劃分，我想應該會是這樣：1、2集是發動篇、3、4集是掠奪者篇、5～9集是災禍之鎧篇、第10集是短篇集，11～16集是ISS套件篇，17集以後是白之團篇。但這樣一列下來，這22集也已經進入了全劇大高潮的部分，要把事件做個了結，回到日常生活，似乎還得花上一些時間。只是話說回來，春雪已經和黑雪公主還有仁子等人約好，要去山形縣的外公家玩，而且也得和班級委員長生澤同學一起參加學生會幹部選舉……站在我的立場，也是希望在下一集就可以和白之團做個了結！我是這麼想的！

那麼那麼，如果各位讀者看看本書日文版的封面書背最上面，應該會看到上面印有「か-16-50」。「か-16」表示這是在電擊文庫出版的，筆名以「か」開頭的第十六名作家，「50」則是該作家所出的第幾本書。也就是說，這本《加速世界》第22集，是我的第五十本書。

我的出道作《加速世界》第1集（編號當然是「か-16-1」）出版，是在二〇〇九年二月，所以走到這一步，算來花了八年又九個月。回顧起來就覺得看似很長，卻又轉眼間就過去，但不管怎麼說，能夠累積到五十本這個數字，全都是拜支持我到今天的各位讀者所賜。下一個里程碑，應該會是一百本，儘管還不確定寫不寫得到，但我今後也會朝這個目標繼續努力，還請各位讀者繼續給予支持與愛護。

明明空了將近一整年，這次卻還是拖到最後關頭，被我添了很多麻煩的插畫師HIMA老師、責任編輯三木先生、安達，也非常感謝各位。我打算下一集無論出書間隔還是劇情進展，都要加快腳步！我會努力的！

二〇一七年十月某日　川原　礫

Kadokawa Light Novels

瓦爾哈拉的晚餐 1~3 待續

Kadokawa Fantastic Novels

作者：三鏡一敏　插畫：ファルまろ

「輕神話」奇幻小說第三集！
在作為晚餐的山豬賽伊面前強敵登場——!?

我是山豬賽伊！在恢復和平的生活中，在我面前突然出現了可怕的強敵——伊克斯，是管理瓦爾哈拉大農園的鹿。奧丁陛下吃了他的肉之後，竟然盛讚不已！要是被炒魷魚，我就見不到布倫希爾德大人了啊！等著瞧吧，伊克斯！我一定要變得比你更加美味！

各 **NT$180~220/HK$55~68**

台灣角川

Kadokawa Light Novels

妹妹人生〈上〉〈下〉（完）

Kadokawa Fantastic Novels

作者：入間人間　插畫：フライ

即使眾叛親離也無怨無悔
描述親兄妹一生的愛情故事完結篇！

妹妹實現夢想成為小說家，這個事實動搖了哥哥的存在意義。然而兄妹的人生之路已走到無法回頭的地步了。就算被父母拋棄、被世人白眼蔑視，這個事實還是不會改變。描述互相依存的親兄妹的「一生」，略帶苦澀的愛情故事，完結。

各 NT$180~200/HK$55~60

台灣角川

Ep.3
—Run through the battlefront—（下）
［作者］安里アサト
［插畫］しらび
［機械設計］I-IV
86
—不存在的戰區—
Why, everyone asked.
Without knowing that it is insult.
EIGHTY SIX
ASATO ASATO PRESENTS
Kadokawa Fantastic Novels

Kadokawa Light Novels

刀劍神域外傳Clover's regret

Kadokawa Fantastic Novels

作者：渡瀬草一郎　插畫：ぎん太　原案・監修：川原 礫

由奇幻故事的旗手渡瀬草一郎重新創造——
隱藏在「SAO」中的另一個篇章……

那由他與小曆在遊戲「飛鳥帝國」裡遇見了不可思議的法師矢凪。這名年老的僧侶表示要拜託偵探「解謎」某個任務。而接受這奇妙委託的「偵探」卻是把能力值點數全部灌在「運氣」上——也就是戰鬥上最弱，但是稀有寶物掉寶率最強的詭異玩家……

台灣角川

NT$250/HK$75

國家圖書館出版品預行編目資料

加速世界. 22, 絕焔太陽神 / 川原礫作 ; 邱鍾仁譯.
-- 初版. -- 臺北市 : 臺灣角川, 2018.07
面 ;　公分

譯自 : アクセル.ワールド. 22, 絶焔の太陽神
ISBN 978-957-564-289-1(平裝)

861.57　　107007883

Kadokawa Fantastic Novels

加速世界 22
絕焰太陽神

（原著名：アクセル・ワールド22　—絶焔の太陽神—）

2018年8月16日　初版第1刷發行
2022年7月25日　初版第2刷發行
作　者：川原　礫
插　畫：HIMA
日版設計：BEE-PEE
譯　者：邱鍾仁
發行人：岩崎剛人
總編輯：蔡佩芬
副總編輯：朱哲成
美術設計：吳佳昫
印　務：李明修（主任）、張加恩（主任）、張凱棋
發行所：台灣角川股份有限公司
地　址：104台北市中山區松江路223號3樓
電　話：（02）2515-3000
傳　真：（02）2515-0033
網　址：www.kadokawa.com.tw
劃撥帳戶：台灣角川股份有限公司
劃撥帳號：19487412
法律顧問：有澤法律事務所
製　版：尚騰印刷事業有限公司
ISBN：978-957-564-289-1